L'ENVOLEE DES PAPILLONS

Nathy HETTE

ISBN : 9798434727167

Merci à tous ceux qui m'ont aidée lors de l'écriture de ce livre, et spécialement à toi, Maman.

SOUS UNE PLUIE BATTANTE

1ère partie

L'eau coule,
Sous les ponts de l'ennui.
Une rivière qui devient fleuve,
Et un fleuve devient océan.
Un océan de détresse, de cris,
Sur lequel les morts pleuvent
Et où rien n'est plus transparent,
Même plus l'eau.
L'innocence a perdu de son sens.
Pourtant, le monde était si beau.
Mais l'Homme en a fait un immense
Désert de souffrances.

La vie s'écoule,
Les nuages défilent,
D'abord blancs,
Puis gris et noirs,
Au-dessus de la ville
Où habite le désespoir ;
Et ont fait disparaître le vent,
Même le vent.
Les jardins de douleurs,
Avec des arbres qui pleurent
Et de l'herbe assoiffée,
De Bonheur et de Liberté.

La vie s'écoule,
Les rêves s'envolent,
Comme des oiseaux migrateurs
En quête de chaleur.
Ils voyagent vers l'horizon

De paix et de sérénité,
Par-dessus les prisons,
Retenus par la société
Qui tue l'Humanité,
Et même l'été.
Ignorance de la vérité,
" Le monde est beau avant d'être vrai
Il est admiré avant d'être vérifié" *
La vie s'écoule, doucement. **

* Gaston Bachelard.
** " La vie s'écoule "

CHAPITRE 1ER

Il marche le long du quai, rêvant à cette vie qui l'attend. Plus d'horaires, plus de montre, plus de contraintes.
Enfin la liberté ! Mais la liberté a un prix - Tout quitter - Partir, larguer les amarres.
A quarante-cinq ans, commencer une nouvelle vie paraît insensé mais rien n'est impossible quand on le désire vraiment. C'est du moins ce qu'il pense et particulièrement ce jour.

Il revoit sa vie d'autrefois, cette existence pendant laquelle il n'a pas vécu - il n'a pas été malheureux certes, mais si peu heureux.

Après des études d'avocat, il partit exercer son métier, bien loin du pays de son enfance, de ses racines.
Paris l'a bien sûr fasciné par ses lumières, son rythme incessant. La vie parisienne avec ses cinémas, ses théâtres lui a donné le vertige. Être partout à la fois, profiter de ces quartiers devenus si accessibles, se cultiver dans les musées, se distraire dans les cabarets. Ah Paris ! Paris le jour et sa frénésie, Paris la nuit et son ivresse.
Mais rapidement, tout cela passa au second plan : Travailler à défendre ses clients l'assaillant et ne lui laissant pas de temps pour d'autres occupations.

Il n'eut pas trop de difficultés à trouver un local pour ouvrir son cabinet.
Quelques relations de son père et un peu de chance permirent cette installation.
Ah ! Merci cher Papa !
C'est vrai, tout semblait plus facile, grâce à Papa ! Mais quand on n'apprend pas à se battre jeune, la vie vous y oblige tôt ou tard.
A vingt-cinq ans, donc, la voie vers un bonheur tranquille s'annonçait à lui.
L'argent gagné facilement car les clients affluaient, le cercle de ses amis s'accroissait. " Amis " était peut-être un terme peu approprié, des connaissances,

des collègues dirait-on, car au fond quand il a voulu s'ouvrir, parler, personne n'était là.
Personne vers qui se tourner, pour le recevoir simplement.

Un jour, ces journées de seize heures au minimum, ces soirées de paillettes sans éclat, l'ont fatigué.

Ce jour, c'était il y a six mois.
Après une journée difficile avec un client se disant innocent mais qu'au fond il savait coupable, il rentrait chez lui. Et là, le silence, le néant – Rien en fait ne l'attendait - Oh ! pardon, si peut être son poisson rouge ... !
Il n'avait même pas eu la force d'en sourire. Un poisson rouge comme seul compagnon telle était sa vie sociale. A qui se confier, exprimer ce sentiment étrange, qui en cette soirée l'anéantissait ? En contact avec des dizaines, des centaines de personnes et pas une seule à qui il aurait pu téléphoner, ce soir-là. Quel désarroi ! Quelle misère ! Un répertoire si rempli et une vie si vide, désuète.
Il errait dans son appartement semblable à un lion en cage, mais un lion sans férocité.

Puis il s'assit sur le canapé trois places, qui n'avait jamais été utilisé au maximum de ses mesures.
Alors il s'allongea. Il se sentit épuisé, las et pour la première fois de sa vie, seul, réellement seul.
Puis il ressortit car cette ambiance de solitude lui pesait trop. Il ne pensait pas vraiment à quelque chose de précis, mais une étrange impression le gagnait…

…l'impression que son histoire s'écrivait sans lui. Il n'en était que le spectateur.

Et aujourd'hui, il veut en être l'acteur !

Le voilà se promenant le long de ce quai - canal Saint Martin.

Et pourtant il pleut aujourd'hui, tout est pâle, triste sauf dans sa tête. Il sait qu'il va partir demain vers une autre vie.
Tout le monde s'est étonné de son départ, mais tous s'en moquent. Excepté peut être ses parents et encore …
Ne pas avoir d'attaches, quel sentiment !
Il marche sous la pluie battante en se disant qu'il ne reverra peut-être plus cette ville et ne connaîtra plus son bouillonnement perpétuel. Même lorsqu'il n'est pas pressé, le Parisien court

dans la rue, se précipite dans le métro, bouscule son voisin indifférent. Il court, il court le Parisien et lui, il marche.
Il marche encore une heure environ et rentre à l'hôtel. Il a vendu son appartement la semaine dernière. Il met le réveil à 5 heures, son train vers la liberté part à 7 heures, demain matin, Jeudi.

Le voyage vers l'inconnu, cet inconnu - lui-même, débutera alors.
Il a consumé la moitié de sa vie à se regarder sans se voir, maintenant il va se voir agir enfin, se retrouver face à son reflet dans le miroir…
Mais que va lui renvoyer sa propre image ?

Jeudi midi : Quai numéro 3, il descend du train et vite direction le port. Là l'attend sa maîtresse "L'Etoile", un voilier de onze mètres de long, acquis quatre mois plus tôt. Il avait tellement peu le temps de dépenser son argent, qu'il n'a pas dû emprunter pour " s'offrir SA liberté ".
Un voilier Océanis, vert et blanc, à l'instar de la chanson de Diane Tell. Être enfin le capitaine de sa destinée et tenir la barre.

Depuis quatre mois, il a pris des cours de navigation. Trois jours par semaine, il s'est rendu dans sa Provence natale, a loué un studio de dix-huit mètres carrés. Son instructeur, marin buriné, vieux loup de mer un peu rustre, comme dans les romans de son adolescence, lui a enseigné les techniques de base bien sûr mais aussi diverses astuces, comme s'il savait que cette aventure représentait autre chose qu'un caprice ou une simple expédition pour cet avocat parisien.
Une dernière vérification sur le matériel de bord : un récent modèle de GPS (technologie de pointe : seul luxe sur son bateau) mais aussi d'une carte en cas de panne et sextant - outils utilisés par son instructeur-, radio, feux de détresse, canot de sauvetage entre autres. Il ne voudrait pas quand même périr en pleine mer avant d'avoir gouté à l'allégresse.
Il passe l'après-midi à régler les derniers détails : achats alimentaires, quelques vêtements …
Il est parti les mains vides, à l'opposé de son arrivée, vingt ans plus tôt, les poches et la tête pleines.

Aux prémices de la soirée, la lune éclaire et son rayonnement prête à rêver. Les

ombres chinoises se dessinent et le mystère de la nuit peut commencer.
Vrai ou faux-semblant ?
Parallèle de ces reflets floutés par les ondulations et de ses certitudes évaporées par le néant de son existence. Ces dernières minutes de philosophie l'ont épuisé. Il serait temps de se reposer avant le départ le lendemain.

Peu à peu, gagné par la douceur nocturne, il ferme les yeux. Le mouvement de l'eau le berce comme un enfant …

CHAPITRE 2

Il court dans le jardin, vers les cerisiers en fleurs. C'est le printemps.

- Maman, Maman, qu'est-ce qu'on mange à midi. J'ai faim !!
- Une bonne ratatouille, mon cœur.
- Et Papa, quand est-ce qu'il rentre ?
- Ce soir, pas trop tard j'espère mon cœur.
- Dis Maman, pourquoi il est toujours au bureau, Papa ? Il aime pas être avec nous ?
- Non, mon Trésor, il ne faut pas dire ça. Il travaille énormément, car il a beaucoup de responsabilités.

- C’est quoi des responsabilités ?
- C’est quand on doit faire attention à plein de choses, pour plein de gens.
- Et à nous aussi il doit faire attention !
« Pauvre petit - pense sa mère - je sais que ton père te manque mais je sais aussi qu’au fond de son cœur, il t’aime et tient à toi. »
- Allez, viens manger, la ratatouille est prête !

Ce petit garçon si plein d'ardeur aime tant la nature et cette maison entourée d’arbres, toujours si fleurie et colorée.

Il regarde sa mère, la douceur qu’exprime son visage le rassure chaque jour. Mais pourquoi son père est-il absent si souvent ? Si elle est triste, sa mère n’en laisse jamais rien paraître et ça, du haut de ses presque neuf ans, il l’admire. Ah la bonne cuisine !
L’odeur des légumes, aubergines, courgettes, tomates, délicieusement mijotés, le ramène vite à la réalité, et à des préoccupations primaires : manger et jouer.

- Hum, Maman qu’est-ce que c’est bon ! - C’est chaud, mais c’est bon !
- Merci, mon cœur, tu es gentil.

Aujourd'hui, c'est Samedi et demain avec un peu de chance, ils passeront une journée tous les trois, ensemble, comme une vraie famille.

– Demain, j'aimerais aller à la pêche avec Papa. Tu crois qu'il voudra bien ? On te ramènera du bon poisson pour midi.
« J'espère qu'il pourra surtout, mon petit homme. Pourquoi être si influent, avoir tant d'argent pour ne pas profiter de la vie ? Dès ce soir, je lui parle et lui explique qu'il passe à côté de son fils …et de moi. »
21 heures - Un homme grand aux tempes grisonnantes avec un charisme certain, franchit le seuil de la porte. A son allure, on s'aperçoit qu'il porte un poids énorme sur ses épaules : ses responsabilités.
Il les amène aussi chez lui car son humeur ne laisse pas présager une soirée "à la rigolade".

– Bonsoir, chéri. Tu as dîné ? Sinon il reste un peu de ratatouille du déjeuner. Le petit est déjà couché
– Bonsoir. Je n'ai pas faim, merci.
Le ton n'est pas glacial mais n'engage pas à la conversation.

« Ça promet ; mais pourtant il faut que je lui parle, ce soir. Cette partie de pêche est importante pour notre fils », pense-t-elle.
– Chéri, ton fils voudrait aller à la pêche avec toi demain matin. Il y tient beaucoup et tu lui ferais plaisir, vraiment
– Je dois travailler demain matin. J'ai des choses plus urgentes à faire que pêcher.
– Aller à la pêche avec TON fils ! - s'indigne-t-elle - Il s'agit d'aller à la pêche avec ton fils ! Tu lui manques. Tu peux lui consacrer quelques heures quand même dans ton emploi du temps " hyper chargé ".
– Il sait que je tiens à lui, c'est le principal.
– Je n'en suis pas si sûr, penses-y. Bonne nuit.
– Hum, bonne nuit. Va te coucher, ne m'attends pas. Je dois vérifier quelques détails d'un dossier.
– Bien, tu as des choses plus urgentes à faire que faire l'amour avec ta femme ou t'occuper de ton fils, c'est vrai. Au fait, si tu veux quand même l'embrasser avant d'aller dormir, sa chambre se trouve au premier étage, troisième porte à gauche. C'est un petit rappel au cas où...

Un père absent, tel a toujours été son modèle. Quel modèle !

Quoi de plus important pour un garçon que l'image de son père.

6 heures 30 - Réveil de bonne heure car la journée de pêche est peut-être toujours possible.
- Papa, papa, tu es là ?
- Ne fais pas tant de bruit, ta mère dort encore.
- Tu es prêt pour aller à la pêche ?
- Ecoute, fiston, j'ai des obligations ce matin. On verra la semaine prochaine.

Le monde vient de s'écrouler autour du garçonnet mais son père ne s'en aperçoit même pas. Tête baissée, yeux embués de larmes retenues, il retourne dans sa chambre, sans prendre son petit-déjeuner.
Il sait très bien que la semaine prochaine, il aura la même réponse.
Pourquoi ? Ce n'est pas juste. Qu'a-t-il fait ou pas fait pour paraître si invisible au regard de son père ?

CHAPITRE 3

Un autre matin, un matin fade … non pas cette fois.
Seize ans aujourd'hui et comme cadeau d'anniversaire, il espère juste un sourire voire une reconnaissance de son père. Au déjeuner, il va lui annoncer qu'il a décidé d'exercer le métier d'avocat. Sa décision a été réfléchie grâce à ces nombreuses questions restées sans réponse. Il a peut-être trouvé la solution lui-même. A son âge maintenant, il a découvert le rôle de son père dans la société. Veut-il le surprendre ? Rien ne surprendra jamais cet homme ; alors il guette sa réaction, anxieux.

- Bon choix, lui dit son père avec quand même un léger sourire. Il est heureux, ça lui suffit. Son père approuve.
Quant à sa mère, elle est fière bien sûr. Elle l'a toujours été et le sera tout au long de sa vie.
Rien ne peut altérer son admiration.

Dix-huit ans : le cycle du lycée se termine. Dans huit semaines, il quittera ce petit cocon dans lequel il s'est créé des remparts grâce à des camarades tout aussi insouciants que lui. Il a bien le temps de devenir sérieux comme son père.
Jour des résultats du bac. Il n'a même pas le trac. C'est vrai qu'il étudie avec facilité et le travail ne lui fait pas peur.
Sans doute, un héritage génétique que lui a transmis son père. Au moins, il aura ça de lui.
Les noms défilent sur le présentoir. Le sien apparaît " admis " et la colonne des commentaires est remplie : " Mention Bien " Mission accomplie !
Un père satisfait, une mère toujours plus fière.

Maintenant, les études commencent pour essayer d'exister au sein de notre société et surtout aux yeux de son père. Eh oui !

On n'oublie pas facilement les vieux démons. Peu importe ses motivations, il donne toute son énergie.
Sa vie universitaire est agréable, sans fantaisie. Il se découvre une passion pour la musique classique...surtout les requiems - (l'humeur des futures années se dessine) qui l'aide à se concentrer devant les longues et interminables pages de texte de droit à apprendre.
Pendant que ses homologues étudiants extériorisent leurs angoisses sur des rythmes modernes, incessants ; lui, s'extasie en écoutant Haendel ou Mozart.

Il se souvient d'une conversation, un soir, avec son père sur un procès en instance : une femme accusée du meurtre du revendeur de drogue, celui de sa fille. Qui doit-on réellement accuser ?
- Que penses-tu de l'avocat de la famille de la victime, Papa ?
- Il fait son métier, un point c'est tout. Tout être humain a le droit d'être défendu. Tu le sais bien.
- Mais cette femme mérite-t-elle vraiment la prison ? Elle n'a fait que tuer l'assassin de sa fille !
- N'a fait que tuer ! Entends-tu tes propos ? et tu vas être avocat dans quelques mois... N'emploie pas ces

termes-là surtout si tu étais amené à plaider une telle affaire. Elle a tué ; elle mérite la prison. Les choses sont claires.
– Tout est toujours blanc ou noir pour toi, Papa !
– Si tu n'en es pas convaincu, tu n'es peut-être pas fait pour ce métier.
– Alors, il faut défendre un quidam, même si on le croit coupable et accuser un être humain qui est peut-être innocent ?
– Oui, c'est ça le métier d'avocat. On ne te l'a pas appris à l'université ?
– Hum, … bien sûr…
Pas la peine de discuter plus en avant. Son père vit dans un monde bien réglé et lui devra faire de même, sans aucun doute.

Il obtient son certificat, le CAPA. Le voilà, parti à vingt-cinq ans pour Paris, pour conquérir le monde. Enfin, on commence par la capitale française.
Papa a joué de ses influences dans les affaires pour que le jeune diplômé puisse s'installer rapidement.
Quelques procès d'affaires gagnés dès les premières années et il se fait un nom dans cet univers implacable où la pitié n'a pas sa place. Il est devenu inflexible, un loup assoiffé. Une décennie a suffi à lui forger la carapace des vainqueurs barbares que

rien ne ralentit dans leur conquête. Le monde des affaires " business is business " *, n'est-ce pas ?
Quand on commence à gagner de l'argent, on ne peut plus s'arrêter. Gagner des procès bien sûr mais surtout gagner de l'argent. On se prend vite au jeu, car qu'est-ce d'autre ?
Mais on est bien loin de cette discussion, quelques années auparavant, au sujet de cette mère meurtrière du dealer de sa fille.
« Le monde est fait comme ça. C'est ainsi. » Tout au moins c'est ce qu'il se dit pour expliquer sa réussite, peut-être même pour se convaincre, se persuader qu'il a raison.
Et ses rapports avec son père sont différents maintenant.
Sans être amicaux, ils sont respectueux, " politiquement corrects ". Sa mère, elle, est plus inquiète. Toujours aussi fière de son fils, elle ne montre rien de ses angoisses mais se demande si son fils est vraiment heureux. Une mère ressent le malaise de sa progéniture comme si la symbiose prénatale ne disparaissait jamais vraiment.

* les affaires sont les affaires

Dimanche de Mai - Fête des mères.

Malgré sa charge de travail et son caractère endurci, il n'oublie jamais ce jour-là et cette année encore, il veut gâter sa petite maman.
– Bonjour, maman. Bonne fête !
– Merci, mon garçon…Tu as pris le temps de venir me voir, c'est adorable !
– Eh maman ! s'il y a bien une mère qui mérite qu'on la célèbre au moins une fois dans l'année, c'est toi !
– Beau parleur ! Je reconnais bien là, ta facilité à t'exprimer.
– Non, maman, ces mots-là viennent du cœur. Je t'aime maman.
– Je t'aime aussi fiston.

Des moments rares pour ce célibataire respecté certes par ses confrères mais si peu envié au fond.
Qu'a-t-il comme loisirs ? Parfois, il mange au restaurant seul ou avec des collègues.
Les mêmes sujets reviennent souvent.
– Ce procès il faut le gagner, ça peut rapporter !
– Coupable ou innocent, peu importe du moment que le verdict nous satisfait.

« Ouah ! Quelle idéologie ! »

Il lui arrive de se trouver un peu trop cynique. Après tout, il ne fait rien de mal, juste son travail… mais sans états d'âme. A trente-cinq ans, c'est normal non ?
Il faut foncer pour aller plus loin, plus haut …

Sa vie amoureuse, si on peut appeler ça une vie … : rencontres brèves sur brèves rencontres.
Du plaisir parfois …si, il en est sûr …ou est-ce seulement une remise en forme ponctuelle.
Pas de relations durables, surtout …oh non, s'il rencontrait une fille, une femme qui le stopperait sur l'autoroute du succès, ce serait si dommage !

Un lundi soir, alors qu'il dîne seul dans un restaurant italien, sur les Grands Boulevards, il remarque une jeune femme aux cheveux châtains coupés très court, assise à deux tables de lui. Elle est seule aussi, mais doit attendre quelqu'un.
Ils se sont souris un bref instant. A la fin de son repas, il s'aperçoit qu'elle est toujours là et toujours seule ; alors il lui propose de boire un verre dans un bar situé à quelques pas.
Elle accepte.

– Vous venez souvent ici ? demande-t-il
– Non, très rarement mais en cette belle soirée, j'avais envie de sortir. Et vous ?
– J'ai peu le temps de sortir.
– Vous travaillez beaucoup, j'imagine.
– Oui, ça se voit tant que ça ?
– Oui, vous avez le teint pâle.
– Bien, merci, s'offusque-t-il
– Oh, je ne voulais pas vous vexer. Mais pendant le dîner, j'ai pu voir que vous aviez l'air fatigué…ou plus que ça…désabusé.
– Ah ?
– Pardon encore, je ne suis pas très polie. Vous m'invitez et je vous…, je me permets…
Il la coupe :
– Ce n'est rien. Parlez-moi un peu de vous.
« C'est ça, change de sujet, c'est tellement plus simple », pense-t-il.
– Il n'y pas grand-chose à dire. Je travaille pour vivre comme tout un chacun ; mais j'ai la chance d'aimer ce que je fais.
– C'est-à-dire ?
– Infirmière. J'aime me rendre utile. C'est parfois difficile, surtout moralement mais tellement passionnant quand vous voyez des malades guérir. Et vous que faites-vous dans la vie ?
– Je survis, répond-t-il.

- Comment ?
- En gagnant des procès. Je suis avocat.
- Ça doit être aussi passionnant mais parfois angoissant. Défendre un criminel, par exemple ? Mais qui sommes-nous pour juger certains actes ? Je suis parfois amenée à être au contact de familles désespérées de voir un proche souffrir et la médecine est impuissante.
Que faire ? Rester indifférent ou les aider à accompagner leur parent vers l'irrévocable voyage ? Vous aussi, vous devez avoir des cas de conscience lourds à supporter ?
- Hum...
- Pardon, je vous assomme avec mes réflexions. Et puis je dois y aller. Merci pour le verre et peut être à une prochaine fois.

Et elle part sur les Grands Boulevards parmi la foule. Les lumières des réverbères scintillent comme des étoiles urbaines et tracent le chemin de tous ces gens.

Quelle étrange sensation que cette conversation... Il s'est retrouvé absorbé par ses souvenirs : les propos de son père lors du procès de cette mère ayant assassiné le dealer de sa fille.

« Des cas de conscience lourds à supporter... » Ces mots reviennent dans son esprit pendant quelques secondes encore.
Oui, il valait mieux qu'elle parte. Même si elle était jolie et qu'elle lui plaisait, il n'aurait pas pu faire l'amour avec elle. Il n'aurait pas été assez sincère ...ou peut-être trop.

CHAPITRE 4

Puis, il y a eu ce jour, un de ces jours qui changent tout.
On se lève comme d'habitude mais le temps n'est plus le même. On est dépassé. Pourquoi lui ? Pourquoi maintenant ? Qui le sait ? Le Destin, Dieu ?

Il se rend à son cabinet dès 7 heures. Normal, le temps c'est de l'argent. Là l'attend un procès de taille et qui va renverser son existence.

Un criminel qu'il a fait relaxer grâce à une plaidoirie hors-pair, est à nouveau sur le banc des accusés. Il doit être jugé pour

viol. La jeune femme de trente ans à peine, a eu le courage de porter plainte et témoigne.
Le procès va être difficile à gagner. Le violeur veut son avocat préféré, bien sûr ; celui qui le sortira de " ce mauvais pas ".
A 10 heures, il se rend au Palais de Justice pour une première audience devant le juge. La plaignante est là.
« Vous devez avoir des cas de conscience lourds à supporter ... » ces mots résonnent dans sa tête comme mille tambours. Elle est là.
Elle est là, cette jeune infirmière qui avait su déceler son désarroi, sa " fatigue de la vie ".
...Le temps se suspend ...

- Maître, vous vous sentez bien ? ... Maître... ?
- Pardon, Monsieur le Juge.

Elle l'a aussi reconnu, sans nul doute ; mais ne laisse rien transparaître.
Au fond, il n'accomplit que son devoir professionnel.

- Monsieur le Juge, je dois demander un report d'audience.

– Pour quelle raison, Maître ? Les deux parties sont présentes et ce n'est qu'une première audience.
– Pour des raisons personnelles, je ne pourrai assurer la suite de ce procès.
– Vous ne pouvez pas me faire ça Maître ! Vous m'avez sauvé la mise une fois déjà. Je compte sur vous ! crie le suspect.
– Désolé, demandez un autre avocat. Et il sort sans pouvoir la regarder.
Il sait qu'elle sait pourquoi.
Il a pris cette décision si spontanément qu'il se demande encore, après être sorti du Palais, s'il ne s'agissait pas d'un mauvais rêve.

Hélas, non pas pour elle dans tous les cas.

Son visage le hante. Elle est belle et ce soir-là au restaurant, elle paraissait heureuse. Aujourd'hui, elle n'a plus cette flamme au fond des yeux.

Il faut qu'il rentre chez lui et vite. Il se sent sale. Il doit prendre une douche.
Oui, il se sent comme ces victimes de viol qui après avoir été agressées doivent se laver comme si la souillure avait pénétré dans leur sang.
Comment peut-il se comparer à une victime de viol ?

La tête lui tourne. Le soleil dehors l'éblouit trop. Quel chemin prendre pour rentrer ?

Depuis, il ne se rend plus à son bureau. Sa secrétaire a appelé tous ses clients pour annoncer qu'il était malade. Il reste enfermé, ne sort plus. Un mois sans avoir donné de nouvelles ni à ses collègues, ni à ses parents… oh ! non surtout pas. Qui pourrait le comprendre ou l'écouter ?
C'est lui qu'il faut juger. « Je suis un meurtrier. » En défendant cet individu une première fois, il a permis un second crime. Il est aussi abject que cet homme ignoble, sans scrupules. Car lui non plus n'en avait pas pour le défendre.
« Je suis un meurtrier… »

Il ne peut rester sans réagir - alors que faire ?
Défendre la jeune femme ? Il ne s'en sent pas capable et le procès a commencé sans lui. Un avocat nommé d'office défend son ex-client.
Alors, le moins qu'il puisse faire, c'est de suivre ce procès du plus près possible.
Alors, il rehausse la tête et sort à nouveau, essaie d'avoir des informations. Le procès se déroule avec beaucoup de difficultés.

Récidiviste, son ex-client a peu de chance d'être non inculpé. La jeune infirmière est courageuse, dit-on. Et son témoignage est accablant.

Deux mois ont passé. Le verdict tombe : quinze ans de réclusion criminelle pour ce violeur, soit la peine maximum après la révision de la loi en Décembre 1980. Son avocat n'a pas su convaincre le jury. La jeune infirmière va enfin pouvoir se retrouver et essayer de continuer à vivre. Et lui aussi doit maintenant se retrouver et essayer de continuer à vivre.
Le verdict est tombé - le rideau sur sa vie aussi.

Il se retrouve comme le petit garçon de huit ans, déçu de ne pas pouvoir aller à la pêche avec son père un Dimanche matin. Il est désemparé, désarmé. Il a perdu ses repères. Ses convictions se sont écroulées. Lui qui courait sans détourner la tête, sur la piste de la prospérité, il chancelle, ébranlé. Un tremblement de terre a fissuré l'asphalte sous ses pieds.
Il plonge et se noie. Ultime instinct pour surmonter le chaos : il vend son cabinet, licencie sa secrétaire en lui versant une prime conséquente (il lui devait bien ça), recommande des collègues à ses clients.

Il veut et doit disparaître de la vie judiciaire.

CHAPITRE 5

- Joyeux Noël, messieurs-dames ! Joyeux Noël ! crie ce Père Noël en agitant sa cloche.
« Tiens, demain c'est Noël ! Le temps de la paix. »
En rentrant chez lui, un appel :
- Allo ? Maman ?
- Oui, mon cœur. Dis, ça fait longtemps que ton père et moi, nous n'avons pas eu de tes nouvelles ? Tout va bien, au moins ?
- Bien sûr Maman, mais tu sais le travail…- réponse automatique.

– Je sais, je sais. Tu travailles trop comme ton père. Mais tu peux te libérer demain et venir passer Noël avec nous ?
– …d'accord Maman, bien sûr, à demain.

Il arrive chez ses parents et derrière la porte, prépare son sourire, sa mine enjouée d'être en famille pour Noël. Il sonne ; sa mère ouvre.
– Ah ! mon cœur, quel bonheur de te voir !
– Bonjour Maman, Joyeux Noël.
– Viens, entre vite. Il fait si froid dehors.
A ces mots toujours aussi chaleureux de la part de sa mère, il ressent même un peu de joie d'être là ou plutôt, une sorte de réconfort.
Son père arrive à son tour.
– Bonsoir, fiston.
Il n'ose regarder son père en face. Il se sent tellement mal, tellement lâche depuis ce jour fatidique où il a été confronté à lui-même, à sa vérité.
– Qu'aurait fait mon père, à ma place ? Aurait-il défendu ce violeur, à nouveau ? Aurait-il pu regarder la victime, l'infirmière, en face, sans honte ? Tant d'interpellations se dressent d'emblée en voyant son père.

Mais quoi qu'il en soit, lui n'a pas pu affronter cette épreuve. Il a fui. C'était peut-être plus facile.
- Eh, mon cœur, que t'arrive-t-il, tu as l'air bizarre ?
- Non, ça va Maman, un peu de fatigue sans doute.

Faire face surtout - Ne pas décevoir sa mère - Quant à son père… Oh ! au fond, il n'est et ne sera jamais fier de son fils, alors…
Quel sentiment paradoxal : il se moque de l'opinion de son père mais ne peut s'empêcher de s'interroger sur son comportement dans le même contexte ?
Pourquoi cet être est-il si important à ses yeux ? : sans doute car il s'agit de son père, malgré tout. Alors que dans les relations amoureuses, il y a des "ex -", en génétique il n'y a et n'y aura jamais un ex-père.
Ces questions le hantent sans relâche.

Dès l'âge de cinq ans, il ressentit un malaise face à son père. Sans lui faire peur, il l'impressionnait non pas par ses colères, mais par une distance sans cesse présente entre lui et cet homme. Il ne comprenait pas ce qu'il faisait pour subsister mais savait que les autres

devaient le respecter et lui obéir sans s'opposer. Personne ne s'interposait à son père. Mais lui, enfant plein d'insouciance et de rêves, n'occupait-il pas une place différente dans le cercle fermé des relations de son père ?
Quelle barrière doit-il briser pour que son patriarche lui accorde un peu d'égard ?

– A table ! le repas est prêt.
– Hum, ça sent bon, Maman.
– Toujours aussi gourmand, mon cœur et aussi gentil.
– Mais c'est vrai, Maman, tes petits plats sont toujours aussi savoureux.
Le plateau de foie gras avec ses toasts grillés en entrée, puis la dinde traditionnelle fourrée aux marrons, accompagnée de ses pommes de terre sautées le font saliver. Pour finir, le dessert avec la bûche glacée décorée minutieusement ravit ses papilles. Sa mère a passé des heures derrière les fourneaux pour confectionner ces mets.
Ces sens en éveil lui procurent un bien-être : la maison, les meubles, la cuisine. L'enfance a toujours une odeur : celle des souvenirs.
– Ah, il est minuit : c'est l'heure des cadeaux !

Il sourit - Sa mère est si joyeuse, en cette veillée de Noël.
- Allez mon cœur, ça c'est pour toi.
- Maman, mais c'est magnifique ! Quelle sculpture !
- Un artiste italien rencontré par hasard et voilà ton père et moi, nous avons tout de suite pensé que ça te ferait plaisir. Où vas-tu la mettre, au cabinet, à la maison ?
- Je ne sais pas encore, Maman. Merci, Maman - merci Papa.
- De rien, petit, répond son père. Sa mère sourit encore.
- Moi, j'ai bien sûr quelque chose pour vous. Tiens Maman ça c'est pour toi. Tiens Papa.
Sa mère ouvre le paquet délicatement comme s'il s'agissait d'un trésor.
- Oh mon cœur ! Quelle surprise ! Tu as pu avoir des billets pour le nouvel An à Vienne. C'est, c'est…
- J'ai pris deux billets, si papa ne peut t'accompagner, je viens avec toi…enfin si tu veux bien.
- Bien sûr. Chéri, tu pourras venir ou …
- Tu sais bien que je pars le 1er janvier très tôt car j'ai une réunion importante le 2 janvier à l'autre bout du pays.
- Ah oui, c'est vrai…alors on ira tous les deux mon cœur.

Il ne peut discerner à ce moment précis si sa mère est vraiment déçue que son mari ne l'accompagne pas à ce superbe concert. Elle semble si heureuse d'y aller avec son fils.
Quant à son père, il découvre son cadeau : "l'histoire de l'Aviation en deux volumes".
– Merci petit.
– Content que ça te plaise, Papa.
– Mais, dis-moi, tu auras le temps d'aller à Vienne et de revenir pour tes procès ?
– J'ai pris quelques jours de vacances.
– Oh, quelle joie ! On peut rester un ou deux jours ensemble ?
– Tout à fait, Maman.
– C'est difficile d'avoir des billets pour ce concert, comment as-tu fait ?
Oui, surtout qu'il s'y est pris au dernier moment ayant complètement occulté les réjouissances de fin d'année. Une de ses relations est parente avec un des musiciens, grand et rare privilège - sans doute le dernier.
– C'est un secret.
– Tu as tellement de relations, c'est vrai.
Le regard de sa mère est plein de bienveillance.
– Au fait, petit, je suppose que tu as suivi le procès de ce type accusé de viol sur une infirmière.

- Oh, Chéri, pourquoi parler travail le jour de Noël ?
- Oui, je l'ai suivi, Papa.
- Cet avocat n'a pas été à la hauteur. Il n'a pas utilisé assez d'arguments de défense. Eh bien, voilà ! Il a la réponse à son interrogation de tout à l'heure.
- Je te rappelle, qu'il est récidiviste et que le témoignage de la jeune femme ne laissait supposer aucune rétorque.
- Pourquoi, ne l'as-tu pas défendu ?
-…
- S'il vous plaît, pas de vilaines discussions le soir de la Nativité. Cette fête est tellement belle.
- Tu as raison, Maman, oublions cette affaire - oui, oublier…oublier à jamais ce visage, ces visages…
- Et si on mettait un peu de musique ? demande sa mère.
- Des valses, par exemple ! répond-t-il.
Ces quelques jours passés avec sa mère sont à jamais gravés dans sa mémoire. Un concert grandiose dans la capitale autrichienne orchestré par des virtuoses et une ambiance surréaliste comme dans les contes de fées - une ville magnifique baignée de lumière offrant une architecture baroque et de nombreux musées, notamment situés dans les deux palais du Belvédère ou la Hofburg

abritant les appartements de l'empereur ; la croisière sur le Danube et son atmosphère féérique ; les promenades en fiacre dans le parc Augarten. Mais par-dessus tout l'expression de sa mère : jeune, folâtre, enthousiaste à la moindre curiosité historique et culinaire en dégustant un Apfelstrudel.

Sa mère qui a tant fait pour lui, qui a su combler le vide paternel.
Ces minutes de bonheur, il faut savoir les prendre.
– C'est le plus beau cadeau que l'on m'ait jamais fait, mon cœur.
– Et toi, tu es le plus beau cadeau que l'on m'ait fait, Maman.

A son retour d'Autriche, tout paraît évident - il doit partir, quitter ce monde pour se retrouver lui-même.
Il reste à résoudre comment ?
Ce voyage a déjà été un " au revoir " à sa mère. Il doit partir sans attache.
Le cabinet a été vendu, reste son appartement. Il sera alors libre, sans aucun bien matériel ni lien affectif.

Lui apparaît alors une évidence : l'océan peut le sauver. En mer, face à lui-même, seul face au vent : il ne pourra pas fuir.

Ou ne cherche-t-il pas une fuite perpétuelle ?

Un souffle d'air froid le fait sursauter, il a dormi six heures. La fenêtre de la cabine est restée entrebâillée. Il se lève et inspecte à nouveau le bateau. Tout est là : les provisions, le stricte nécessaire …et la sculpture.

Largage des amarres….

CHAPITRE 6

Après plusieurs jours en mer, seul il respire. L'eau, l'air lui font du bien. Il ne peut penser à rien si ce n'est à avancer. Son itinéraire ? Aller devant lui et s'arrêter dès qu'il voit la terre et repartir plausiblement.

Il a l'impression que le temps s'est arrêté. D'ailleurs, depuis combien de semaines est-il parti ? Il ne serait le dire et c'est bien comme ça.

« Ah oui, il a vu le soleil se coucher une vingtaine de fois, enfin peut-être… »

Il est hors du temps. Que la terre est belle…surtout quand elle n'est composée que d'eau…

Un goéland passe au-dessus de lui. Majestueux - Il crie : l'appel de la Nature, sans doute ! Il tend le bras avec dans la main un morceau de pain. Il attire le goéland qui s'approche, et lui donne le pain - Autour de lui le silence se fait.
Un moment de plénitude.
Il revoit l'image dans ce film de Claude Lelouch " Itinéraire d'un enfant gâté ". Jusqu'à maintenant, ce titre évoquait le résumé de son existence. Mais comme le héros, il vogue et part vers sa nouvelle destinée. Où cela le mènera-t-il ? Peu importe mais ailleurs, c'est ça… le dépaysement, c'est si bon.
Et là, question dépaysement, il est servi. Lui, qui a si peu voyagé, il se retrouve au milieu de nulle part avec comme seul horizon l'océan. Mais Dieu que c'est beau !
D'après son GPS, il se trouve en plein milieu de l'Atlantique … bref, c'est ça au milieu de nulle part ! Sa fenêtre : une vaste étendue, sans limites. Aucune frontière, aucune barrière, aucun obstacle. Il éprouve une forme de délivrance. Ses chaînes invisibles se brisent une par une.
Se laisser porter au gré du vent (avec un minimum d'orientation), se laisser guider

grâce aux étoiles et s'endormir avec le mouvement des vagues.
Qui est à la barre : lui-même ou son destin ?
Par instant, il pense à sa mère qui, il espère, n'est pas inquiète. Elle doit s'imaginer qu'il est accaparé par de multiples occupations. Elle connaît la réserve de son fils. Un jour il l'appellera. Quand il sera prêt. Quand il pourra tout raconter.

C'est une belle journée encore, le soleil flamboie et le vent est une caresse. Il se repose un peu sur le pont en teck. Voyager en solitaire signifie endurance et peu de sommeil. Il n'a pris qu'un livre avec lui " Rêveries d'un promeneur solitaire " de Jean-Jacques Rousseau. De circonstances, non ?
Au programme : pêche car les provisions diminuent. La pêche en mer est bien différente de la pêche en eau douce. Grâce à son " immense " expérience de la pêche en rivière (merci Papa pour toutes ces parties imaginaires quand j'étais enfant…), il a un peu de mal. Les leçons de navigation comprenaient heureusement quelques cours de pêche en haute mer. Il avait mentionné son intention d'effectuer un … petit voyage.

Il prépare son matériel : hameçons, cannes, moulinets, leurres, plombs et seau. Il a tout, bon. Lancer la ligne bien loin et tenir bon. L'océan est calme et va lui faciliter la tâche. Il attend. La pêche c'est aussi la patience. Finalement, c'est peut-être ça que son père refusait : l'attente, le silence. Parfois, ces notions effrayent. Aujourd'hui, il savoure cette quiétude.
Il tient quelque chose ! La proie remue, se débat. Ne pas lâcher. Le combat est féroce de chaque côté de l'eau. En profondeur, le poisson s'agrippe et ne veut pas quitter son territoire. En surface, l'apprenti pêcheur lutte pour sa survie triviale : se nourrir. Il tire, encore un effort : hum... un superbe thon !
Il en a au moins pour quelques jours de tranquillité.
Il s'avoue être fier de lui.
Il aurait presque envie de prendre un cliché avec la bête...s'il avait eu un appareil photo. Mais il a laissé le modernisme surabondant derrière lui.
Ce soir : festin thon à la tomate !

Il s'apprête à dîner quand brusquement, il ressent un coup de vent violent. Il sort : le ciel est menaçant, le vent s'est levé d'un

seul coup. De gros nuages noirs arrivent à toute vitesse.
La météo change si vite en plein milieu de l'océan.
« Oh, oh un orage en vue, se dit-il- Bon, pas de panique. D'abord s'attacher et descendre la voile ! vite ! »

Là les cours vont prendre toutes leurs dimensions. La tempête est de plus en plus forte. Quelques rafales le déséquilibrent.
Il faut tenir. Allez ! encore un effort, la voile est presque entièrement descendue. La ramener et la corder. Il aurait pu tomber dix fois au moins, sans la précaution d'usage. Le vent ne cesse de le ballotter de bâbord à tribord.
Mais il faut revenir. Pas le temps de s'apitoyer sur soi-même. L'orage finira bien par passer - ça y est la voile est fixée. Maintenant aller à la barre et tenter de la maintenir.
Le voilier vert et blanc, tangue, gîte, avec des vagues d'au moins trois mètres parfois.
Il n'a même pas mis son ciré, il est trempé jusqu'aux os et le vent qui ne cesse pas. Les nuages sont toujours là comme hypnotisés par l'eau – sombres, effrayants et si proches.

Un éclair à quelques mètres de lui ! Comme une lame de couteau qui jaillit de l'ombre et vous poignarde. La foudre, les sons, les couleurs contrastées. Même en colère, la mer est splendide !
Pour l'instant, il n'apprécie pas réellement le paysage mais reste impressionné.
Que l'on se sent fluet, faillible dans ces moments !
Et il tient la barre toujours - il glisse, s'accroche et se remet debout.
Il n'a pas le choix, il est seul maître à bord.

Encore un éclair qui se jette dans la mer ou qui en sort. Il ne sait pas, il ne sait plus. Le tonnerre gronde à nouveau et le déluge continue à le malmener.
"L'Etoile" a du mal à garder le cap mais peu importe, il ne faut pas chavirer priorité première – le cap, on verra plus tard.

Soudain, entre deux nuages, il aperçoit un rayon de lune. La lumière divine !
Dans ces occasions-là, on interprète tous les signes !
Les bourrasques semblent s'essouffler un peu. La pluie ne cesse pas, mais l'orage diminue. Les éclairs s'éloignent un peu et le bruit du tonnerre devient plus sourd.

Il est toujours à la barre, trempé, épuisé. Si le vent se calme, il pourra peut-être avoir droit à une trêve. Il regarde droit devant fixement, ne pensant qu'à son bateau.
Après ce terrible assaut, "L'Etoile" mérite bien son nom.
« On dirait qu'on a passé le plus dur, ma Belle. »
Un peu de compliments et d'intimité s'avèrent nécessaires.

Combien de minutes, d'heures cela a-t-il duré ? - Aucune idée.
Vingt minutes, une heure, un siècle, une éternité avec cette douloureuse et sensationnelle impression d'envolée lyrique. Une immersion " aux chœurs " de l'intensité et l'exubérance des opéras italiens de Bellini, Verdi et Leoncavallo réunis.
Encore un peu de courage et il retrouve la douce mélodie de " Mme Butterfly " de Puccini - *Un bel di, vedremo.*
La lune revient éclairer et l'eau redevient une surface lisse et tranquille. La pluie rafraîchit maintenant.
Il descend dans sa cabine - son dîner est fichu ! De toute façon il ne pourrait rien avaler. Il veut juste s'allonger et apprécier à nouveau ce doux bercement.

Il a résisté du début à la fin. Peu lui importait la souffrance, il a réussi.
Il se déshabille et s'endort, le sourire aux lèvres, heureux de son nouveau statut de marin confirmé, mais plus tout jeune.

Le lendemain matin, le soleil est à nouveau au rendez-vous comme si rien ne s'était passé. Les seules traces de la tempête sont la fatigue qu'il ressent et le désordre de la cabine. Un ouragan serait-il passé par là ?
Il nettoie et range rapidement. Sur le pont, un peu de nettoyage s'impose également et il faut à nouveau hisser la grand-voile.

« Pas de répit pour les braves ! » se dit-il.

Et "L'Etoile" poursuit sa voie.

Après sept autres jours de navigation sans obstacle majeur, juste un ou deux coups de vent plus intenses mais rien ne peut enrayer notre courageux capitaine maintenant, il croit apercevoir au loin la Terre.
D'après ses calculs, il devrait s'approcher du continent américain… Mais bon, à la base il est plutôt littéraire que mathématicien…De sa longue vue (c'est

un vrai marin), il voit en effet de la végétation. Ça ressemble donc à un lieu terrestre.

Cap sur l'inconnu pour faire escale !

CHAPITRE 7

L'Océan, l'Eternel
Où se reflète le bleu du ciel.
On dirait une aquarelle.
Vivre dans ce jardin,
Entouré d'eau.
Le Paradis n'est pas si loin.
Cette île demeure en toi,
Parmi tous ces îlots de joie*

Assis sur le pont, il imagine cette terre, ses habitants. Heureux, sans doute.

* " Un Paradis "

Comment ne pas être heureux, aussi loin de toute civilisation ?

Il s'approche encore. Ça y est, il distincte des habitations, tout au moins des maisons. Elles semblent colorées. Il aperçoit des toits rouges, verts et jaunes - que la vie doit être douce et paisible, quand elle est multicolore !
Aura-t-il le courage de jeter l'ancre et de débarquer ? Pas encore, ça lui semble trop tôt. La terre lui est apparue un peu trop vite. A peine remis de la tornade, il doit profiter de sa renaissance. Alors, il va rester là, à deux – trois kilomètres de la côte.
Il va s'imprégner de ce paysage lointain et imaginer l'existence insulaire.
"L'Etoile" attendra pour accoster.

« Que peuvent-elles bien faire ces populations d'un autre monde ? » se demande-t-il.
« Ont-ils aussi cherché à fuir quelque chose… ou quelqu'un pour se retrouver là ? »

Un atoll : un point entre le ciel et l'eau - ça peut paraître assez désarmant aussi. Il repense à cet orage. On ne doit pas se sentir protégé sur une île, soumis aux aléas de la nature mais tellement libre ! Hum...finalement n'est-on pas vulnérable et donc dépendant quand on n'a que l'eau pour horizon…va savoir…surtout si on ne possède pas de bateau !

La liberté est toujours relative - être libre au milieu de la foule ou confiné sur une île déserte. Les prisons peuvent avoir diverses apparences. Des parois protègent ou étouffent. Des espaces infinis délivrent ou isolent.

Dans l'immédiat, il s'imprègne de cette sensation : personne ne le dirige, personne ne l'observe. Il se sent serein… depuis bien longtemps. Il n'attend rien et rien ne l'attend.

CHAPITRE 8

La curiosité a fini par l'emporter. Il s'approche de l'archipel et jette l'ancre. Il rejoint les derniers mètres en canot pneumatique. Il ne veut pas se rendre au port (s'il y en a un) - rester sans attache.
La côte est magnifique - sable blanc, cocotiers.
Il est très tôt. Le soleil vient à peine de se lever lui aussi - pas un seul baigneur.
Au loin, des pêcheurs préparent leur embarcation, leurs filets étendus sur le rivage. Il accoste.

- Bonjour …un premier mot prononcé depuis…il ne sait plus, mais s'étonne que le son sorte de sa bouche sans difficulté.
- Salut M'sieur - C'est à vous, ce beau voilier, là-bas ?
« A peine arrivé, et déjà repéré…mince alors ! »
- Euh...oui.
- En vacances ?
- C'est ça.
Il n'ose pas demander où il se trouve mais même à l'autre bout du monde, si loin de Paris, on lui parle français. Il doit rêver sans doute.
- Bienvenue aux Salines, en Martinique alors M'sieur.
Eh bien voilà, le suspense aura été de courte durée.
Il a bien fait de rester éloigné avant d'atteindre le littoral. Son imagination a pu s'en donner à cœur joie.
- J'ai besoin de faire quelques provisions. Est-ce que vous pouvez m'aider ?
- Bien sûr, d'accord. Si vous voulez du poisson, je reviens dans deux heures et vous proposerai le mien volontiers dans mes nasses du mois dernier. Pour le reste, suivez ce chemin et au bout il y a un magasin où vous trouverez ce que vous cherchez, je pense. Mais, il n'ouvre pas avant 8 heures.

– Merci, je vais attendre et comme ça je vous vois aussi à votre retour.
– Très bien, à tout à l'heure M'sieur.
– Merci et bonne pêche !

L'homme s'éloigne sur sa yole ; il est d'un certain âge et ses rides lui font comme deux soleils autour des yeux – c'est beau. Lui, c'est plutôt des valises qu'il a autour des yeux. A lui maintenant d'y mettre de la lumière.
Il reste sur la plage - il est bien. Il somnole, il a le temps jusqu'au retour du pêcheur.

– Me revoilà M'sieur. Eh dites, c'est qu'on dirait que vous vous êtes endormi !
– Hum…
– Vous voulez voir mon poisson ?
– Volontiers… il est superbe. Ces casiers sont donc des nasses ?
– Oui, on les plonge à dix ou trente mètres environ, lestées et appâtées de poisson ou de chair de noix de coco. On attend quatre semaines et on récolte. Il faut bien sûr assurer un roulement. Vous avez là des sardes, tourteaux et même de belles langoustes. Regardez !
– Je prends deux kilos de sardes et un tourteau, s'il vous plaît.
– Voilà M'sieur.

- Merci, maintenant je vais au magasin que vous m'avez indiqué.
- Oui, il est ouvert maintenant. Au revoir M'sieur.

« Bon, du poisson et un stock de provisions et je pourrai repartir » songe-t-il.
A moins qu'il ne reste un peu sur cette île…
S'il pouvait faire certains travaux, il pourrait se rendre utile, après tout.
Retour au petit port où il revoit ce vieux pêcheur.

- Eh, vous avez trouvé ce qu'il vous fallait ?
- Euh oui, merci…dites, j'ai voulu accoster sur la plage mais j'ai heurté un rocher et je crois que mon canot est percé…
- …eh, eh ! vous avez un petit souci pour retourner sur votre bateau et pour rapporter tout ça, alors ! Je vous y emmène, si vous voulez.
- Oh, ça c'est très gentil de votre part. Je voulais aussi vous demander : je vais probablement rester quelques jours sur l'île finalement. Vous savez si une personne aurait besoin d'un homme

d'entretien ou à tout faire, enfin pour différentes besognes…
- Besoin d'argent ?
- Non, besoin d'être utile.
- Vous savez ici, sur une île, il y a toujours quelque chose à réparer, à bricoler. Je vais en parler.

Et quelques instants plus tard...

- Je vous présente ma cousine, Ghislaine. Elle a des soucis avec son fils et a besoin d'aide pour le jardin. C'est le début de la floraison et il y a beaucoup à faire.

Ghislaine est la " mama " telle que l'on se l'imagine en Europe à des milliers de kilomètres avec son turban sur la tête et son habit traditionnel, le madras bordé de fines dentelles blanches.
Elle incarne le charme martiniquais. Une tendre nonchalance se dégage de ses deux billes noires qui vous devinent dès le premier regard. Ses doigts durcis, abîmés par le labeur de tous les jours vous caressent et vous invitent. Ses rondeurs reflètent l'image de son caractère : on contourne les difficultés et elles vous rassurent.

- En échange de vos travaux, je vous héberge et vous nourris. Ça va ?
- Parfait. Merci, madame.
- D’rien M’sieur. Vous commencez demain.
- En attendant, on retourne sur votre voilier ou vous restez ici ? demande le pêcheur.
- Je voudrais ramener quelques affaires et je reviens avec vous. Je vais laisser mes provisions sur le bateau mais je voudrais partager mon poisson avec vous et votre cousine. Après je trouverai bien une autre embarcation pour faire l’aller-retour de temps en temps.
- Ben, c'est gentil pour le poisson M'sieur. Vous êtes pas obligé. Ici, l'entre-aide c'est naturel. Et pour vos petites escapades, vous pourrez me demander. Vous m’avez l’air plutôt sympathique, un peu paumé mais sympathique.
« Ça, paumé, c’est sûr, je ne savais pas où je débarquais il y a encore trois heures, ni à quelle période de l'année précisément je me trouvais. Je suis parti de France, il faisait froid et pluvieux, comme le sont les hivers parisiens, et ici c'est déjà le printemps. J'aurai navigué environ un mois, alors », pense-t-il.

Et le lendemain, le voilà jardinier. Utiliser ses mains et voir le résultat de ses efforts. Quelle expérience magnifique !
Il travaille dur ; le soleil, la chaleur ne l'arrêtent pas. Il apprend aussi beaucoup sur les plantes, la terre, la nature et le respect. Il différencie maintenant un hibiscus d'un cactus ! Il admire les oiseaux aux ailes joliment bariolées, et si majestueux en vol. Leur chant le réveille à l'aurore mais le berce au crépuscule. Il observe les colibris si vifs, symbole d'amour, joie et beauté. Unique volatile à pouvoir reculer grâce à sa structure osseuse très souple qui lui permet de battre des ailes dans n'importe quel sens !

Il est fier de ce qu'il fait. Il sourit de plus en plus. Même Ghislaine lui en a fait la remarque.
- Dites, depuis que vous êtes arrivé, je vous vois sourire chaque jour davantage. C'est le soleil qui tape trop sur la tête ou quoi… ?
- Non, Ghislaine. Je crois que c'est déjà votre gentillesse et le bonheur d'être ici. Tout simplement. On se sent plus léger quand on sourit.
- Ç'est vrai, M'sieur : les ennuis, ils n'aiment pas le sourire ! alors ils s'en vont !

Et elle rit aux éclats déployant des dents blanches superbes.
Et lui aussi rit. Et il rit, il rit encore.
Il ne peut plus se contrôler. Il rit avec son cœur et les rayons du soleil commencent à se voir autour de ses yeux.

Le soir, sur la terrasse chez Ghislaine, on chante, on danse. La famille se réunit et en toute simplicité, son mari entame la chansonnette locale et les femmes tournoient. Le quotidien, pourtant, offre peu d'apaisement. La Martinique de rêve, cliché pour les touristes, avec ses hôtels et restaurants de luxe, Ghislaine et sa famille n'en connaissent que les coulisses, les vestiaires.
Cependant, l'entrain et la gaieté qui émanent de ces visages sont incroyables. La vie à l'extérieur comme à l'intérieur de la maison est en couleur chez Ghislaine. Il en a même oublié à quoi pouvait ressembler le gris. Terminée la vie terne et maussade de Paris. Ici, les reflets irisés illuminent l'existence des insulaires.
Après trois semaines de travail auprès de Ghislaine, les plantations resplendissent. Son cousin le félicite.
- Bravo, M'sieur. J'ai bien fait de vous présenter à ma cousine. Son jardin est presque aussi beau que celui de Balata.

- Merci, mais je pense qu'il est temps de repartir.
- Déjà M'sieur…bon, comme vous voudrez.

Oui, il pourrait se lier à cette île, à ces gens. Il a pris un peu de temps pour visiter le nord de l'île et le volcan de la montagne Pelée qui a détruit le village de Saint-Pierre au début du XXe siècle, puis sa côte sauvage vers la commune de Saint-François. Il a aussi découvert le marché aux mille couleurs et odeurs à Fort de France. Il a flâné sous les flamboyants, qui méritent bien leur appellation et médité devant l'arbre du voyageur qu'il affectionne tout particulièrement.

Mais il est encore trop tôt pour avoir des attaches. Il n'est pas encore arrivé au bout du chemin même s'il ne sait pas où il va ; ça il le sait.
- Je vous ramène sur votre voilier, alors ?
- S'il vous plait, merci.
- Au revoir, M'sieur.
- Merci pour tout Ghislaine.
- Merci à vous…et continuez à sourire… n'oubliez pas les soucis, ils n'aiment pas le sourire !
- Promis, Ghislaine.

CHAPITRE 9

De retour sur son bateau, seul, il regarde cette île entre les nuages et l'eau.
Et cap sur le Sud.
Les étoiles dans le ciel lui parlent. Elles se reflètent dans l'océan et quelle tranquillité ! Il navigue droit devant sans trop d'ailleurs étudier ses documents de route.
La nuit, il dort bien. Il ne sait pas s'il rêve mais ses nuits sont douces. La mer est calme, elle aussi. Elle veut lui faire apprécier ces pauses.
Elle veille sur lui, protectrice. Il se sent bien.

Le vent l'entraîne toujours plus loin, il vogue et les voiles du bateau se gonflent. Il ne ressent plus ce sentiment permanent d'errance.
Son aventure est loin d'être finie, mais son escale chez Ghislaine l'a ressourcé. La bonté, la simplicité de cette femme lui ont peut-être ouvert les yeux, plus qu'il ne le pensait.
Il s'en rend compte à cet instant sur son bateau. Il se sent un homme libre mais pas désemparé, comme il l'était quelques semaines auparavant.
Cependant sa soif de renouveau n'est pas assouvie. Il a tant de choses à voir, à faire encore. L'univers est si grand et l'Homme si petit.
De couchers en levers de soleil, ou vice-versa, la vie s'écoule telle une rivière paisible. Il pêche et se nourrit de ses performances. Il devient aguerri aux plaisirs modestes. Retour à des vérités simples.
Tiens, l'image de son poisson rouge lui traverse l'esprit - Son seul ami finalement - un "flashback". Ce poisson rouge dans son bocal : lui dans sa vie antérieure - Enfermé, tournant en rond sans arrêt, sans but, sans mémoire.

Maintenant, il voit l'horizon. Un horizon, non encore précis, certes mais il voit devant lui et avance.
Des jours et des nuits de traversée, toujours solitaire. Il n'y a rien de mieux que la solitude apaisante pour se retrouver.
Depuis combien de temps a-t-il quitté la France ? Il l'ignore.
Quel est le mois, le jour ? Il l'ignore.
Plus de lien avec le monde réel. Il préfère le virtuel et la suave folie de son voyage. La raison de son départ garde une apparence morbide mais il cherche la clarté au bout du chemin. Le spirituel engendre l'entrée dans une autre dimension, pour lui le cartésien de toujours. Le bouleversement provoqué par le choc reçu lors de son dernier procès l'aura désorienté pour mieux trouver sa place face au futile et au superficiel dans cette société désarticulée, décontenancée. Là où il navigue, il fait toujours beau. Tous les éléments ont décidé d'être en accord pour qu'il retrouve sa propre harmonie, son équilibre.
Il faut vivre ou survivre : avant il survivait, maintenant il vit.
Où ce voyage va-t-il l'amener, le porter ? Ignorant ce qu'il cherchait, il le demeure face à l'enjeu de ce périple. Il n'a pas la

prétention de trouver le Bonheur. Qui peut prétendre d'ailleurs, l'avoir atteint ? Il y a des instants de bonheur mais le Bonheur suprême n'existe pas, sinon comment l'apprécier. Il faut pouvoir le comparer - et le comparer à quoi : au malheur.
Celui qui n'a pas été malheureux ne peut être heureux. Axiome facile mais pas si faux que ça.
La joie de vivre, ça s'apprend aussi. Apprécier un arc en ciel qui se dévoile lentement, une main posée sur une épaule avec tendresse, les feuilles des arbres en automne déployant la rougeur de leur éclat, un bébé qui fait ses premiers pas, un magnolia en fleurs aux premières floraisons, les senteurs printanières du jasmin, d'un brin de muguet.
L'argent ne suffit pas à être riche - riche d'émotions.

Il prend conscience que tout cela est tellement vrai, simplement là en regardant le ciel, la mer.
Puis, il pense au roman de Daniel Defoe " Robinson Crusoé " qu'il a relu lors de son séjour en Autriche. Que de similitudes entre ce personnage et lui !
Ce jeune fou a choisi de naviguer contre la volonté de ses parents qui voulaient

qu'il devienne avocat. Lors d'une expédition, son navire échoue au large du Venezuela. Naufragé durant plus d'un quart de siècle sur une île, il survit. Rien ne lui manque, si ce n'est la compagnie des hommes.
Son seul ami : Vendredi - indigène cannibale. Robinson Crusoé l'initie à l'apprentissage de l'anglais.
Pourquoi vouloir à tout prix renouer avec la civilisation ? C'est la question qu'il s'est posé tout au long de l'œuvre.
Quelle détermination mais quelle folie à la fois !
A sa place, aurait-il tout fait, tout tenté pour rejoindre la " jungle civilisée " ?
Il n'en est pas sûr et c'est d'ailleurs peut-être cet ouvrage qui a déclenché son départ, sa fuite, sa recherche d'absolu.

Il n'a pas de miroir pour voir à quoi il ressemble. Il sent sa barbe pousser, ses cheveux également - Ses traits ont-ils changé, comme lui ? Le physique et le psychisme cheminent-ils en parallèle ? Si oui, il doit avoir plusieurs rides supplémentaires car il a l'impression de se sentir beaucoup plus mature.

Un retour aux sources, ça rajeunit et ça vieillit en même temps.

CHAPITRE 10

Dans mon esprit d'enfant,
Je voyais des gentils et des méchants.
Mais comme dans les vieux westerns,
Je croyais que les plus forts, c'étaient les innocents.
Hélas, aujourd'hui la vie m'amène
Vers un univers toujours plus cruel.
Les Hommes n'ont qu'un mot : la haine. *

Ce soir, il a envie de se laisser porter. La lune, les étoiles sont ses fidèles compagnes depuis plusieurs crépuscules.

* sans titre

Il leur parle, il voudrait qu'elles répondent.

Il se sent nostalgique et s'interroge sur le sens de la vie. Ses yeux restent dans le vague et expriment de la mélancolie. L'image de son grand-père maternel surgit d'un seul coup. Cet homme qu'il aurait voulu connaître plus longtemps ; mais la logique de l'âge en avait décidé autrement.
La douceur de son regard bleu clair et son sourire timoré illustraient toute la bonté de cet homme. Peu communicatif, il s'exprimait peu en mots mais ses rares élocutions l'ont fasciné à jamais. Il n'aimait pas les batailles du quotidien et possédait la philosophie de l'existence. Ainsi, ses confessions sur son passé prenaient une ampleur spirituelle que jeune homme, il n'avait su détecter. Il avait osé, un après-midi, avouer que pendant la seconde guerre mondiale, tous les allemands n'avaient pas été ses ennemis ; sans donner d'explications supplémentaires. Mais pour ce pacifiste dans l'âme, l'aveu était bouleversant.
Ce soir, il a envie de croire en l'Amour et en Dieu, pour ce grand-père. Être noir ou blanc quelle importance ! Nous avons

tous la même origine et nous allons tous vers la même direction : la mort.

Ce soir, il se pose de multiples questions. De tout temps, les êtres se sont battus, pour quoi ? pour le profit, le pouvoir, des terres …des femmes peut être.
Pourquoi tant de haine entre les humains ? Pourquoi le racisme, pourquoi le terrorisme ?
La Terre a continué de tourner depuis son départ : combien de morts, d'attentats, d'agressions ?

Quelle force maléfique pousse des hommes à se tuer alors que nous ne sommes qu'un grain de sable dans le désert, qu'une goutte d'eau dans l'océan ?

Les bras croisés derrière la tête, allongé, il se demande si l'humanité entière n'a pas perdu ses repères, comme lui.
Le retour à la réalité lui fait peur. Il se sent angoissé et les larmes lui montent aux yeux.
Il pleure - oui, il pleure sur lui-même, sur le monde.

« Un homme ne doit pas pleurer, mon fils. » Tels étaient les propos de son père quand il était écolier.
Timide, toujours en retrait, il n'osait pas s'approcher des autres élèves. Il restait seul à la récréation et attirait les railleries. Il se souvient spécifiquement de ce jour de Décembre avant les vacances scolaires. Il n'avait pas réussi le devoir demandé et son instituteur le lui avait reproché. Peiné, il s'était mis à pleurer devant toute la classe et un camarade avait ri entraînant la majorité de la classe à le suivre dans cette hilarité moqueuse. Il n'avait pu que baisser la tête, plus honteux que jamais. Son maître avait réclamé l'ordre mais son expression sarcastique, sournoise l'avait affligé.
En rentrant à la maison, sa mère l'avait consolé mais son père lui avait dit cette phrase définitive :
- Un homme ne doit pas pleurer.
A six ans, peut-on le comprendre ?

Et maintenant, il se libère et ne ravale plus son chagrin enfoui depuis de si nombreuses années. Sa carapace fond, son armure se ramollit en un flot de larmes si longtemps neutralisées. Il se refusait à toute émotion, fidèle à la parole

de son père, à la voix de son guide paternel.
Soudain, il aperçoit une étoile filante. Que dire devant cette splendeur naturelle, cette élévation de l'âme ? – vite un vœu ! Il réfléchit et fait le vœu de simplement retrouver sa route ainsi que pour tous ceux qui se sont égarés comme lui.

Un homme pleure
Car trop de douleurs
Envahissent son cœur.
Trop de souffrances,
Et pas assez de chance
Remplissent son existence.
Dans ses yeux plus d'espoir,
Seulement le désespoir.

Un homme attend.
Il voudrait que le temps
S'arrête de temps en temps.
Mais les jours passent
Dans la même angoisse ;
Et s'entêtent dans la menace.
Dans son ciel, l'orage
Est la seule image.

Un homme vit
Sur cette Terre, ici.
Comme l'oiseau dans son nid,
Sujet aux intempéries.
Croyant être à l'abri,
Homme d'aujourd'hui,
Corps meurtri de blessures
Et malgré tout si pur.

Un homme pleure
Et dans son malheur,
Etouffe sa peur.
Rêve impossible,
Cible inaccessible,
Et souffle sensible.
Desperado, un vague nom,
Visage aux mille prénoms.

Cet homme, c'est toi, c'est moi.
Tous dans le même désarroi.
Où se trouve la sortie
De ce tunnel trop sombre,
Dans un monde ébloui
Par l'argent et ses ombres ? *

* " Un homme pleure "

CHAPITRE 11

Notre voyageur continue son chemin, la mer s'ouvrant toujours devant lui. Il n'avait jamais vraiment été attiré par le monde aquatique et ses merveilles. Mais le milieu marin lui offre ses trésors et ses mystères, chaque jour davantage. Il apprend à apprécier ces lueurs, ces nuances bleutées, ces reflets d'argent. Il s'est peu à peu familiarisé avec le langage particulier de cet environnement à la fois étrange et fascinant. Ses cours l'ont initié à l'aspect technique et maintenant, il vit la magie de la mer. Inutile de l'enseigner. Non. Cette magie-là se dévoile seulement

à celui qui accepte de la recevoir, de s'en imprégner.
Les jours de beau temps, le bleu de l'océan apaise et les vagues lui donnent une âme. Puis, le bleu devient vert sous l'effet du souffle du vent, des cumulus.
Et lorsque le tonnerre gronde, que les nuages se font hostiles, tout se transforme. Le calme disparaît et cette même eau effraie par son aspect gris bleuté.
La nuit alors, il ne reste plus qu'une large étendue sombre autour du bateau.
La palette du peintre Nature a étalé son camaïeu de bleus sur la toile.

Sous le tableau, un autre univers exaltant. Parfois un de ces mammifères marins apparaît. Fidèles compagnons de l'Homme, sans pattes, les dauphins guérissent de nombreux maux chez l'humain selon les scientifiques, notamment le Dr Nathason. Leur don nous rend meilleur et nous délivre de nos craintes. Leur langage par leur cliquetis, sifflements, grognements nous interpelle.
Tels des remparts, ils se placent le long du bateau au plus près de la proue. Ils l'accompagnent dans sa traversée et cet

instant de grâce bien qu'éphémère le submerge de vague à l'âme.
Aujourd'hui, en voyant ce trio s'approcher, une communion s'instaure entre lui et ces animaux.

Il revoit cette petite fille rêveuse, rencontrée lors d'un procès dans le sud de la France. Il avait accepté le déplacement en province, son client étant l'ami d'un ami...
Encore une bataille contre lui-même.

Il se souvient de son prénom peu ordinaire à l'image de sa personnalité.
Tarah avait huit ans et était assise là dans son fauteuil avec une poupée. Les rayons du soleil à travers les fenêtres du tribunal éclairaient sa chevelure blonde. Mais ses yeux exprimaient une mélancolie, un spleen que ne devrait jamais ressentir un enfant. A cet âge, les petites filles pensent au prince charmant, au chevalier qui les emmènera loin de la monotonie.
Tarah avait besoin de s'évader mais ne le pouvait plus qu'en utopie.
Son seul souhait était de nager avec les dauphins ; mais sur une chaise roulante, certains désirs semblent inaccessibles.

Il l'a regardée pendant plusieurs minutes avant de rejoindre son client, le chauffard qui avait renversé en voiture cet ange si réel.
A-t-elle pu retrouver l'usage de ses jambes ? Elle devait subir une opération déterminante un mois après l'audience.
A-t-elle réalisé son rêve depuis ?
Il pense à elle pour lui transmettre une virtuelle osmose à cet instant.

Si au lieu de courir sans fin, au lieu de défendre des criminels, il aidait son prochain ? Cette idée lui traverse l'esprit. Que laissera-t-il sur Terre après son bref passage ? Que va laisser son père après sa mort ? Une entreprise, certes mais humainement : le néant.
Il ne désire pas tout révolutionner mais peut-être simplement être utile.
Il se souvient de Ghislaine et de ses précieux conseils. Il l'a aidée pour son jardin…un peu mais elle l'a orienté vers une nouvelle voie sans s'en rendre compte. Tant de générosité. Donner est plus fort que prendre. L'offrande est une bénédiction de Dieu quand Il le transmet.
Ce soir, il reçoit un message.
Il le sent - il le sait.
Sans doute était-il enfoui quelque part en lui depuis des années. Il a mal orienté sa

carrière d'avocat car après tout, plaider l'innocence d'un citoyen est une cause admirable, à la base. Il a honte de l'avoir salie. Il a honte de son errance depuis vingt ans.

Combien de temps lui a-t-il fallu pour comprendre ça, aujourd'hui ?
Combien d'épreuves (subies par les autres surtout) ?
Le regard de cette jeune femme agressée par un ex-client récidiviste relaxé, le regard de cette petite fille.
Comment leur demander pardon ? Comment se racheter ? - Non, Seigneur ! Quel terme ! " Se racheter " : horrible (encore une relation avec l'argent qui le met mal à l'aise). On ne rachète pas le chaos d'une vie !
Tant d'ondes négatives l'entouraient jusqu'à présent qui le détruisaient.

Comment reconstruire ? Voilà !

Il finit par s'assoupir avec toutes ces incertitudes en lui. Les fantômes de la nuit lui apporteront peut-être la clé de l'énigme.

Et le lendemain, comme une réponse, il aperçoit la côte. De quel pays ? Il l'ignore.

Il prend ses cartes, sa boussole mais ne parvient pas à déterminer l'emplacement où il se trouve dans le monde. Quelle excitation encore une fois ! L'inconnu est à nouveau devant lui.
Puis, il se dit « Pourvu que je n'aie pas tourné simplement en rond et ne sois pas revenu en Martinique ? »
Peu importe. « Va, mon bateau vert et blanc, va mon "Etoile" ! Découvrons l'endroit que tu as choisi pour que je réponde peut-être à toutes les interpellations d'hier. »

Cette fois, il n'observe pas cette terre lointaine. Il désire s'y rendre sans tarder. Le vent se lève un peu pour l'aider. Il hisse la grand-voile et navigue vers Elle, sa nouvelle épopée. Un nouveau peuple, des gens comme lui. Il a envie de les rencontrer et vite.
Son voyage prend une nouvelle dimension.
Le paysage se profile enfin. A quelques mètres, une immense plage l'attend comme un ravissement sur le monde.
Il plonge (absence de zodiac oblige), attiré par cette chaleur inattendue et si accueillante.

CHAPITRE 12

Epuisé, il s'écroule sur le sable blanc. Il a nagé si précipitamment qu'il manque de retrouver son souffle. Ce serait dommage de mourir à l'endroit où il pense renaître. Il se ressaisit et regarde autour de lui. Le littoral qui lui paraissait désert, une heure auparavant est envahi par des dizaines d'enfants l'entourant. Les enfants ont la peau noire autant que ce sable est blanc comme la neige. Retour aux Antilles ? Non, quelque chose est différent.
Leurs physionomies n'expriment pas la même juvénilité. Leurs bras, leurs jambes sont plus maigres. Leur ventre est plus rond et disproportionné. Leurs yeux sont

plus tristes. Mais ils sourient. Le rivage qui semblait lui sourire, c'était eux rassemblés.
Serait-il en Afrique ? Aurait-il vraiment retraversé l'Océan Atlantique ? Son voyage serait-il un zig-zag ?
Possible après tout, son esprit l'était bien en entreprenant cette fuite. Il essaie quelques mots en anglais. Le premier pas vers la civilisation est le dialogue entre les êtres, quels que soient le mode, les gestes, les paroles, la musique.

– Hello.
Pas de réponse mais des yeux qui le fixent - un autre essai :
– Hello, et il sourit à son tour.
Toujours pas de réponse et ces regards qui ne le quittent pas. Il se lève et tente de marcher. Il ne sait pas où il se trouve mais ces enfants viennent bien d'un village. Ils se regroupent autour de lui et le guident. Il se laisse entraîner par ces mômes de dix ans pour le plus âgé sans doute. Il ne dirige rien. Il marche à leurs côtés en toute sérénité. Leurs yeux lui disent « fais-nous confiance. »
Après un long moment, il distingue quelques maisons ou plus exactement des cases. Les aînés du groupe s'avancent et se dirigent vers une case d'où sort un

homme grand beau, au regard noir perçant mais accueillant.

- Bonjour.
- Bonjour. Euh…pardon... vous parlez français ?
Décidemment son " Etoile " l'aura dirigé vers des territoires francophones.
Heureux hasard ...
- Excusez-moi, j'ai débarqué ce matin de mon bateau et nagé jusqu'à la côte mais sans savoir où je me rendais. Où sommes-nous, s'il vous plait ?
- Un marin sans boussole, c'est rare.
- En réalité, je possède tout le matériel nécessaire, mais…
- Vous êtes au Sénégal.

L'Afrique, il avait vu juste.

Et l'homme se retire, sans doute le Chef du Village. Les enfants l'entraînent à nouveau et lui font visiter brièvement ce qui constitue ce village. Il aperçoit une indication sur un poteau en bois :
Saint-Louis 40 KM / Frontière – Mauritanie
Il est donc au Nord du pays près de la région du Delta du fleuve Sénégal, à quelques kilomètres de la Mauritanie.

Les enfants le prennent par la main et lui montrent une case et l'incitent à y pénétrer. Il n'ose pas. Puis une femme en robe traditionnelle bleue et or se manifeste, aussi élégante et gracieuse que ce paysage semble aride. D'un signe de la main, elle l'invite à entrer.
- C'est votre case, Monsieur.
- …merci, mais je ne sais pas, je …
- Vous ne pouvez pas repartir sur votre bateau et le Chef du village a donné des ordres pour vous héberger.
L'hospitalité du peuple africain, cette simplicité dans les gestes : il en est témoin.
- Les femmes du village vous ont préparé ce bol de mil.
- Merci…merci.
Et le voilà assis au milieu des enfants qui le suivent toujours, en train de manger ce repas de bienvenue.
Il ne cherche pas à comprendre. Il vit chaque moment au rythme de l'Afrique et croit en cette utopie.

Le Sénégal, il n'en avait entendu parler qu'à travers le célèbre rallye puis l'œuvre de Daniel Balavoine relatée par les médias. Bâtir des puits en plein désert pour apporter l'essentiel, l'eau, demeurait un fait divers dans ses préoccupations

urbaines, lucratives. Il y accordait peu d'importance. Pas de sentiments dans son métier d'avocat parisien, sinon c'était la perte.
La perte de quoi ? Telle est la controverse.

Une nouvelle ironie : se retrouver dans ce pays où le chanteur est mort à trente-trois ans, l'âge du Christ. Lui qui ne croyait en rien, cette coïncidence le bouleverse.

Le voilà errant parmi les villageois depuis maintenant plus d'un mois. Seul souci, mais non des moindres, trouver à manger chaque jour. Le poisson provient de la pêche journalière, les céréales des cultures avoisinantes. Le rude climat affaiblit les récoltes. Néanmoins les enfants ne se plaignent jamais. Ils sourient sans relâche. S'ils pleurent, ils le cachent. Ils ne connaissent pas les jeux modernes des gamins de nos villes. Leurs seuls jouets sont un ballon et une corde à sauter.
Que requiert un enfant à la naissance ? De l'Amour sinon rien.
Un enfant ne demande pas à venir au monde, on le lui impose. A peine sur cette Terre, et déjà une obligation !
Ses parents ont parfois choisi pour lui de lui faire connaître la vie ; mais parfois

non. Dans tous les cas, l'innocence d'un enfant à sa naissance est entière, sans tricherie, ni faux-semblant.
" On choisit pas non plus les trottoirs de Manille, de Paris ou d'Alger pour apprendre à marcher. " * ...ni ceux de Dakar ou Saint-Louis.

Quand un enfant vous observe, il sait aussi lire dans vos yeux : qui vous êtes réellement - Il sait faire sauter la carapace qui vous entoure. Souvent, cela fait peur : ce n'est pas le nouveau-né le plus nu.
Quel est le plus fragile, le plus soumis des deux ? Il est comme hypnotisé par le regard permanent de ces jeunes africains. Qu'attendent-ils de lui ? Qu'attend-il d'eux ?
Le Chef du village ne lui ordonne pas de quitter le bourg. Il a toujours sa case et son repas offert avec tant de bonté.
Les peuples les plus malheureux seraient-ils aussi les plus généreux ?
Son voyage jusqu'ici lui a appris à vivre seul, à reconnaître la véracité, l'authenticité.
Et il sait qu'ici, en Afrique, ces valeurs sont présentes.

* Maxime Leforestier.

Pendant son séjour dans les Caraïbes, il a retrouvé la Terre, cette matière noble qui est à la base de la vie. Il a bêché, malaxé, semé... Il a pu voir la portée de son travail et en a éprouvé de la dignité.
Quelle était sa fierté en tant qu'avocat ?
Mais pourquoi repenser à sa vie passée ? – « Des regrets ? - non sûrement pas ! »
Cette vie de citadin, ambitieux et orgueilleux, il voudrait l'effacer ou tout au moins la laisser de côté, comme un livre que l'on termine.
Un homme peut peut-être vivre plusieurs existences.

Il est assis sur le sol poussiéreux, à côté de sa case en retrait pour mieux contempler le village. Hier, il s'est rendu sur la plage de son arrivée et a vu au loin son "Etoile" toujours aussi étincelante.

Elle ne semblait pas l'appeler pour de nouveaux rivages. Au contraire, elle était bien ancrée et semblait sereine et désireuse de rester. C'est vrai qu'il l'évoque comme un être vivant car ce qu'ils ont partagé est une expérience humaine et sans elle, il ne serait pas là.
Son bateau l'a guidé dans sa solitude et sa dérive. Si même ce beau voilier ne

veut pas reprendre la mer et affronter l'océan pour d'autres aventures, peut-il envisager de résider au Sénégal ?

Les enfants du village le rejoignent près de sa case. Ils parlent bien sûr le dialecte local, le Wolof, et un peu le français. Le contact entre eux se fait spécifiquement par les gestes et la bonne humeur.

Et là, il comprend !
Il comprend qu'il a une " mission " ou un devoir à accomplir sur cette partie du globe.

Il sourit aux enfants - Il sourit à l'espoir

Une fleur se fane ;
Et un autre bourgeon naît.
Comment ne pas espérer
Quand tant de force
Pousse vers la générosité ?
Cette rage féroce
Que porte la jeunesse.
Les enfants n'attendent que l'Amour,
Sans aucun détour.
Pas de place pour la tristesse.
Ils sont le monde de demain,
Porteurs du message divin
Et dispersent leurs pétales. *

* " L'Espoir "

CHAPITRE 13

Lui qui a plaidé des dizaines de fois, qui s'est trouvé confronté à des brigands, sera-t-il capable de bâtir quelque chose ? L'idée lui est apparue comme une évidence ; mais saura-t-il la concrétiser ? Aura-t-il la force, la foi ?
Ces fillettes et ces garçons représentent la postérité de l'Afrique et ils ne possèdent pas les moyens de s'instruire. Tous les enfants sénégalais ne peuvent se rendre à Saint-Louis pour apprendre. Alors, l'idée est simple : créer une école dans ce village. Savoir lire et écrire sont les bases de toute société et au XXe siècle, comment peut-il encore exister des

endroits où ces références ne sont pas acquises ? Le droit au savoir et à l'instruction devrait être universel. Quelle chance donner si pour se construire, des populations entières ne possèdent pas ces notions élémentaires ? L'indifférence, l'insouciance ou la dominance sont-elles à l'origine de ces inégalités ? Comment les conjurer ?
L'Occident connaît-il vraiment son opulence culturelle ? Mais à quoi sert la richesse si le partage ne l'accompagne pas ?
Que lui faut-il pour mettre en place un tel projet ? Son cerveau bouillonne de toutes ces interrogations. Côté pratique : un local, quelques chaises et tables, des crayons et cahiers, un tableau seront les dispositions de base. Quant à l'apprentissage de la lecture, des mathématiques, il pourra s'en charger. Transmettre son savoir à des fins humanitaires, voire humaines. Pour un changement : c'est un changement radical.
Désormais, il va falloir se bouger pour réaliser ses nouvelles ambitions. Ce n'est plus un client à défendre mais des petits êtres inoffensifs. Et il sortira grandi de cette partie qu'il VEUT gagner. Il se sent chétif face au désarroi de ces enfants.

Il sait, néanmoins, qu'il détient la possibilité de modifier leur parcours. Autrefois, il exerçait un pouvoir sur le destin d'une femme ou d'un homme, sans concession. Aujourd'hui, il se moque du pouvoir, de la suprématie. Il a su retrouver au tréfonds de son âme, la sagesse de son grand-père maternel.
Son aventure en solitaire lui a appris à se connaître lui-même enfin !
A bientôt quarante-six ans, il était temps !

D'abord : le local. Où enseigner ? N'importe où, finalement !
L'éducation peut se construire en pleine nature, après tout. Mais, commençons correctement : un toit pour apprendre. Il en parle au Chef du village. Dans un premier temps, le Chef est surpris.
Une telle idée venant d'un Blanc : la colonisation est terminée depuis longtemps. Tout au moins dans ses apparences ancestrales.

- Tu veux établir une école, ici ?
- Exactement et pour cela, y aurait-il une case disponible ?
- Toutes nos cases sont occupées. La précédente était pour toi, tu le sais, répond-t-il sur un ton accompagné d'une nuance désagréable et de reproches.

Après un bref instant, le Chef reprend :
- Cependant, on peut en construire une rapidement. Si tous les hommes du village sont d'accord, elle peut être prête dans peu de temps.
Le temps est une variable relative en Afrique.
- Je te le fais savoir avant la prochaine lune.

Nouveau repère qu'il a su heureusement maîtriser. La prochaine pleine lune aura lieu dans cinq jours. Les jours de pleine lune s'avèrent réconfortants en mer. Ils permettent de s'éclairer la nuit bien sûr, et de se repérer dans l'écoulement des journées.
Il a plus appris grâce à son " odyssée " en bateau et sa préparation que durant ses études universitaires.

Cinq jours plus tard ponctuellement, le Chef s'approche de lui.
- Mes hommes ont décidé de construire ta case pour les gamins du village. Ils fabriqueront aussi les tables et les chaises en bois.
- Merci, Chef.
- Ne me remercie pas encore. J'attends de te voir à l'œuvre.

« Au moins, cela a le mérite d'être clair. » pense-t-il. Il est mis à l'épreuve et ce n'est pas pour lui déplaire.
Il aurait préféré acheter les tables et les chaises pour gagner…quoi au fait ?... pour aller plus vite. Foutaise ! Ici, ils sont chez eux et l'activité est au rythme de ce pays merveilleux.
Dès le lendemain, il se rend à Saint-Louis pour se procurer des cahiers, des crayons, un tableau noir et des craies. Le Chef lui a encore fait confiance en lui prêtant la Jeep du village.

Le soleil se couche à l'horizon et les couleurs du ciel à cet instant font oublier toutes les misères du monde. Le rouge de l'astre solaire renvoie des rayons roses et orangés dans ce ciel immense et l'océan se noircit peu à peu. Il n'y a plus de dimension terrestre. L'ombre de " L'Etoile " se dresse au loin.
Et puis, la vie est belle ! L'avenir ne pourra qu'être beau.

Les hommes du village ont travaillé d'arrache-pied aujourd'hui. La case en banco (terre locale) se termine ; le bois pour les tables et les chaises a été coupé. Les Sénégalais sont un peuple robuste.

Cette école représente peut-être encore plus pour eux que pour lui.
« N'est-il pas en train de leur fournir un rêve trop ambitieux ? - Non et non »
Il veut y croire et surtout il veut croire en lui-même.

Il participe à l'achèvement de l'école en aidant les femmes à préparer le repas et taillant le bois. Et surtout, il prépare ses premiers cours.
« Combien vais-je avoir d'élèves ? Une vingtaine et leur niveau est identique : tout commençait à la base. »

Il s'instruit aussi sur l'Histoire de ce pays. Durant son escapade dans l'ancienne capitale, il a pu emprunter trois ouvrages à la bibliothèque municipale qui lui serviront de support. Son idée : utiliser leur région, leur pays comme axe principal d'orientation. Ces enfants en se cultivant, comprendront d'où ils viennent ; et à eux ensuite d'utiliser leurs connaissances pour développer des idées et s'investir, dans les années futures.

Voilà en résumé l'idée : Programme divers et varié selon les dispositions du professeur ! - Hum, ça lui plait !

Un jour : mathématiques ; un jour : lecture ; un jour : découverte du Sénégal.

CHAPITRE 14

Aujourd'hui : première leçon - rentrée des classes. Il appréhende autant, voire plus, que lors de sa première plaidoirie : l'avenir d'un homme soupçonné d'escroquerie à l'assurance dépendait de son audace. Les preuves étaient accablantes mais il a su trouver la faille dans le système de l'accusation : une erreur de procédure - simple mais efficace - et son client était sorti libre du Tribunal, triomphant.
Lui se souvient précisément de son sentiment ; les souvenirs reviennent : il était satisfait d'avoir réussi avec cependant une gêne qu'il avait enfouie en

lui, mais bien authentique quand il y repense. A cette époque, seul le succès comptait.

Ce matin, l'avenir de jeunes enfants se trouve entre ses mains. Son triomphe sera leur joie à étudier, leur soif d'apprendre encore et toujours. Attiser leur curiosité.
La classe commence tôt le matin. Les nuits sont fraîches, en revanche, les journées très chaudes. Les enfants arrivent les uns après les autres, accompagnés par les parents. Ces derniers arborent une mine réjouie par une satisfaction non dissimulée.
« Ces braves gens au sens premier du terme, méritent notre plus grande admiration. » songe-t-il en les observant.
Lui est déjà là depuis une heure au moins.
Il a jeté un regard vers son voilier toujours amarré au large, comme s'il attendait un encouragement, un clin d'œil.
Bien qu'un peu nerveux, il se sent apaisé.

– Bonjour, bonjour, installez-vous les enfants. Asseyez-vous.
Devant lui, quarante yeux grands ouverts.
– Bon, vous me connaissez. Je suis l'Etranger venu avec son grand bateau.

Je voudrais vous enseigner le peu que moi-même, je connais ; mais qui, je suis sûr vous servira quand vous serez plus âgés. Alors Bienvenue dans votre école et …

– M'sieur, c'est quoi – école ?

– Oui, c'est vrai, nous allons commencer par le début. L'école : c'est un lieu où les enfants petits et grands apprennent des tas de choses...

– M'sieur…

– Un instant, il y a quelques règles à l'école. Des règles, comme dans un jeu. Par exemple : quand un de vous désire poser une question - et j'espère que vous serez nombreux - il faudra lever le doigt, …comme ça.

Et une dizaine de doigts se dresse.

Oui, ils sont pleins d'enthousiasme. Ils viennent encore de le prouver. La matinée s'est écoulée tranquillement. L'apprentissage du matériel et son utilisation : telle a été sa première leçon en tant qu'instituteur.

Dans nos communautés occidentales, tout paraît si aisé.

Là, cahier ou tableau noir : tout est une découverte.

Mais la lueur dans les yeux de ces jeunes africains lui laisse entrevoir qu'il a raison. Il n'a jamais vu cette lumière dans le regard de ses clients.
Et pour cause, peu étaient innocents !

Il revoit un bref instant le regard fixe de cette jeune femme par qui tout a commencé. Ce procès qu'il n'a pas su mener et cette tristesse, cette flamme éteinte. Il pense à elle maintenant. Si seulement, la flamme éclatante qui brille dans les yeux de ces enfants pouvait transmettre des étincelles dans les siens, à nouveau.
Comme lors de leur rencontre au restaurant italien.

Son désir d'intégrer à part entière l'Histoire, la Géographie de ce pays dans ses leçons ne cesse de croître. La découverte du delta du fleuve Sénégal avec son parc national Djoudj lui révèle une nature grandiose et généreuse. Lui-même ne connaît que peu d'espèces d'oiseaux et ici, ils pullulent. Leur diversité évoque l'abondance de la faune africaine, des kalaos aux cormorans en passant par les échassiers.

« Cet endroit cité dans tous les guides touristiques était-il au moins visité par les Sénégalais ? Bien sûr, que non ! - Pourquoi ? On ne mélange pas les touristes avec la population. »

Alors il décide d'organiser une journée d'exploration avec ses élèves. Ce qui pourrait se prévoir sans trop de complications en Europe est loin d'être identique, ici.
Il possède cependant l'énergie nécessaire et grâce à l'aide du Chef du village et deux hommes, il parvient à ses fins. Il investit de sa personne mais également sur le plan financier. Le village est pauvre et la location d'un minibus pour emmener tout ce petit monde au parc Djoudj serait comme louer un avion privé pour un employé modeste français.
Une nouvelle virée à Saint-Louis pour " régler cette parenthèse " et le voilà parti conduisant un car avec trois adultes et une vingtaine d'enfants.
Il ne saurait décrire son émoi derrière son volant mais les chants des écoliers assis à l'arrière le bouleversent.
Depuis sa dernière visite, il s'est bien sûr documenté et se réjouit de leur indiquer les grandes aigrettes au plumage blanc, des flamants roses par ici, des hérons par

là ; ou encore des pélicans qui amusent les plus jeunes avec leur bec particulier.
Et les enfants répètent : Flamants roses ! - pélicans ! Sans se rendre compte, ils appréhendent à la fois le français et les sciences naturelles.

Il leur explique que non loin, se trouve un autre pays, la Mauritanie où d'autres enfants vivent et parlent le français.
Il a pu se procurer une carte et ainsi leur indique l'endroit où ils se trouvent. Leurs yeux s'écarquillent encore davantage en admirant l'immensité de leur territoire.
« Et il y a un reste du monde ? »
Il voit leur étonnement et leur montre d'où il vient lui aussi. Un minuscule point à des milliers de kilomètres. Il leur enseigne le nom des cinq continents et le regroupement des civilisations. Pourquoi le français est-il parlé chez eux et leurs voisins mauritaniens ?
Il aborde le thème de l'esclavagisme, ces pages obscures de l'humanité, avec humilité.
Peu à peu, les cours se suivent et s'enchaînent. L'école est parfaitement intégrée maintenant dans la vie du village ; ainsi que les idées parfois fantasques de leur professeur.

La dernière : rendre visite aux différents producteurs de riz et d'oignons proches. Productions très importantes au Sénégal mais sources de peu de revenus car le riz d'Asie ou l'oignon de Hollande s'achète moins cher que les céréales locales. Au Delta du fleuve Sénégal, il y a près de trois mille producteurs de riz. Malheureusement, la visite organisée a révélé la vétusté des machines pour extraire les grains de riz. La progression des aménagements reste lente malgré la demande accrue des populations. Les aléas climatiques et les infrastructures de transport défaillantes favorisent l'importation du féculent.
Mais comment détenir une technologie plus moderne sans argent, sans investissement ?

Lui qui ne savait parler que de rentabilité et gains, s'aperçoit qu'il n'est rien face à cette pauvreté africaine.
Les Occidentaux exploitent ce handicap, c'est certain. Si chaque village possédait une école comme il l'a créée, les Sénégalais auraient davantage de moyens face à cette tragédie.
Bien sûr, les grandes villes comme Dakar se développent mais luttent difficilement chaque jour contre le fléau africain.

Les parents si peu concernés dans les premiers temps par toute cette instruction, manifestent parfois leur intérêt et s'assoient à coté de leur fils ou de leur fille. Ils écoutent attentivement.
Ayant ainsi eu vent de cette contradiction grandissante au Sénégal, il lui a semblé utile de peut-être aider aussi les parents. Comment ? Dans un premier temps, les sensibiliser à ce qui se passe autour d'eux et pourquoi ce paradoxe existe-t-il ?
Projet ambitieux, certes, mais la prise de conscience est le premier pas vers le changement. Et côté changement, il s'y connaît…

S'il peut apporter une petite pierre - même un caillou - au mur de la reconstruction africaine, il n'aura pas vécu pour rien. Chacun a sa place dans la société. Lui, a mis du temps à la trouver. On lui en avait " pré-fabriqué " une d'avance ; mais aujourd'hui il a trouvé ses points d'ancrage.

CHAPITRE 15

Sa prise de position dans la vie du village s'amplifie à chaque nouvelle journée de classe.

Son existence parisienne trépidante lui avait fait oublier qu'il y a des endroits sur Terre où la mort et la souffrance se côtoient au quotidien.

Un ennemi, en particulier, pour ces enfants et ces parents s'appelle SIDA. En tant qu'instituteur, son devoir est de leur enseigner le droit de se préserver, de se protéger. Ils ne sont encore que des pré-adolescents mais demain, ils ressentiront leur premier émoi amoureux, auront leur première relation sexuelle.

Montrer l’usage d’un préservatif s’adresse plus singulièrement aux parents dans un premier temps.
Pour quelques-uns, c’est une découverte. Dans ce pays, premier touché par le syndrome du HIV, certains d'entre eux ne peuvent identifier l’aspect d’un préservatif. Ils n’avaient jamais vu ce bout de caoutchouc qui sauve des vies. La protection contre la maladie : un objet de luxe pour eux, auquel ils n’ont pas accès. La prévention semble utopique alors qu’elle existe dans nos régions d’Europe. Dire qu’il est étonné, serait un faible mot, outré serait injuste : il est sidéré par cette ignorance. Expatrié dans ce décor entre savane et océan, il endure l'exclusion inéquitable de ce peuple face au virus.
Mais cela doit cesser. Une communauté en mauvaise santé se moque d’être érudite et de la culture de riz. Pour se développer économiquement, il faut des maillons forts au pilier de la société. La jeunesse personnifie la vigueur.
Mais quelle postérité pour une nation malade ?

Là encore, l’Occident ne doit pas être étranger à cette absence d’information.

Nos états modernes se bâtissent sur la brimade voire l'exploitation de civilisations étrangères à nos coutumes.
C'est tellement plus facile de donner le poisson au pauvre que de lui apprendre à pêcher – proverbe chinois.
Alors, il décide d'organiser une visite au dispensaire de Saint-Louis avec ses élèves mais également les parents. Deuxième location, mais cette fois d'un bus avec chauffeur : aux grands maux, les grands remèdes.

Il a réussi à convaincre même le Chef du village de venir. Chacun est concerné : tel est son message. Un membre par famille et les enfants montent dans le bus. Cinquante personnes dans le car ; si chaque membre en parle à dix autres et ainsi de suite, le calcul est vite établi et le constat fait de l'importance de cette nouvelle expédition.

Ce qu'il ne sait pas encore, c'est que cette expédition va aussi bouleverser sa propre vie.

Trois maisons blanches se détachent à l'horizon dans ce champ désertique.
Trois différents bâtiments : l'un pour le stockage des médicaments et du matériel,

malheureusement le plus petit, un autre pour les blessés légers où les soins exigent moins de personnel ; et le dernier pour les malades atteints gravement en majorité du HIV. De nombreux lits y sont disposés les uns à côté des autres, sans aucune intimité. Parfois, un simple rideau de toile sépare les patients pendant leurs soins ou toilettes. Le personnel toujours souriant et disponible s'affaire au milieu des gémissements faibles mais sans cesse audibles.
Quelle force agite ces hommes et ces femmes à aider leur prochain !

Il n'a vu que ses yeux, rien d'autre :
Deux émeraudes brillantes au centre de la scène noire africaine. Son regard le transperce.
Elle les accueille avec un large sourire.
- Bonjour, je suis l'infirmière Gardian, Anna Gardian.
- Bonjour, Madame, répondent en chœur les enfants.
Lui ne peut rien dire. Il reste là immobile.
Il ne comprend pas ce qui se passe.
Il reçoit comme une décharge électrique en plein cœur : Serait-ce ça le coup de foudre ?
Les jeunes gens le secouent.

- Eh, Monsieur… oh, oh ! lui crient-ils - Ça va ?
- Oui, oui les enfants…merci, réussit-il à dire. Mais il ne peut dégager son attention de cette apparition face à lui.
- C'est très courageux de venir et d'emmener les enfants et …aussi les parents.
Elle lui parle ! Il va falloir trouver quelques mots, lui adresser la parole aussi. Il s'affole et son cœur s'emballe. Mais son âme vole. Il se sent si léger.
- Oui…vous trouvez ?
- Bien sûr, le SIDA fait peur mais la méconnaissance est un désastre bien pire encore. Alors je dis merci et bravo.
- Bravo ? mais c'est vous qui avez le réel courage. Le courage de lutter au jour le jour. De rester coûte que coûte. Vous soignez ces hommes, ces femmes, ces enfants et vous leur apportez un peu de soulagement.
- J'aimerais vous croire.
- Bien sûr, votre rôle est essentiel.
- Oh, vous savez je ne suis qu'une infirmière. Mais j'aime me rendre utile.

Cette phrase résonne dans sa tête et le projette, tel un plongeon violent, dans le passé. Soudain, il voit ce visage qui revient en mémoire.

Celui de l'infirmière qu'il n'a pas pu défendre. Elle avait prononcé cette même phrase, lors de leur échange dans ce restaurant à Paris. Cette affirmation qui l'a hanté si souvent.
Comme un boomerang, elle est venue le frapper pour lui rappeler pourquoi il était là finalement.
Elle avait tout déclenché : son désarroi, ses interrogations, son sentiment de futilité face à son métier d'avocat, puis son départ, son exil, sa fuite vers l'inconnu.
Ironie du sort, aujourd'hui il rencontre une autre infirmière et il décèle déjà qu'elle va aussi le sauver. Après avoir fait basculer son destin vers le large plusieurs mois auparavant, une femme, une infirmière de surcroît, va le repêcher.

Il ne se rend pas compte, si ces quelques secondes à revivre le passé l'ont guidé mais il sait que la personne devant lui à cet instant, représente la fin du voyage.
Elle a compris, elle lui tend les bras.

- Venez.

Et il la suit. Il la suivrait jusqu'au bout du monde …mais il y est déjà.

Il a traversé son désert affectif pour enfin trouver son oasis. Aujourd'hui, il est en paix avec lui-même.
Deux fois par semaine depuis cinq mois, d'un commun accord avec les écoliers, ils se rendent au dispensaire. Ils ont pu acheter le bus grâce aux restes de ses économies. Les enfants aident le personnel soignant et apportent leur soutien mais avant tout leur tendresse à leurs semblables qui souffrent.
Et deux fois par semaine depuis cinq mois, ils se voient : elle toujours aussi belle, douce et désirable ; lui un peu maladroit encore mais généreux, attentif et amoureux.

Ce soir, il a envie de partager son bonheur.
– Est-ce que l'on peut téléphoner, ici, Anna ?
– Bien sûr.
– Je veux dire téléphoner en France.
– Un brin de nostalgie, peut-être ?
– C'est un peu ça, oui.
– Le téléphone est dans mon bureau.
– Merci.

Et d'un pas assuré, il se dirige vers la pièce de la Direction. Il compose le numéro. Il est 18 heures en France.

– Allo, Maman ? ...

Le rideau se lève,
Un enfant naît.
Sa vie ne sera que théâtre.
Il sera confronté
A des acteurs comme lui,
Mais aussi au regard des autres.
Il n'y a jamais de trêve – jamais.
Telle est la vie.
La scène est immense,
La pièce dure des années.
L'intrigue se résume à la dignité,
Le rythme est parfois très intense.
Personne ne connaît son texte à l'avance,
Les souffleurs aident comme les amis.
Quand le dernier acte se termine,
L'acteur disparaît.
Mais un souvenir vague restera gravé.
C'est ainsi vivre et mourir. *

* " La vie : un théâtre "

LE JARDIN DESSINE

2ème partie

Le Grand Voyage
Où tu pars sans bagages
Vers de nouveaux rivages.
Un monde sans nuages.
Tu tournes les pages,
Découvres image après image,
La vie et ses visages.
Parfois heurtée à des mirages,
Elle te blesse mais rien de grave ;
Car plus fort, alors tu envisages
L'avenir et chaque présage.
Tu es serein presque sage.
Tu es prêt sans barrage,
Pour le Grand Voyage.

Ce Grand Voyage
Peu importe ton âge,
Il se nomme force ou courage.
Pas d'égarement, ni de naufrage.
Et malgré les virages
Que le doute engage,
Tu affrontes avec rage
Tout cet étalage
De peur sauvage,
Tel le cheval et son attelage.
Tu nous mènes dans ton sillage,
Tu accomplis ton ouvrage
En délivrant ce message
Du Grand Voyage. *

* " Le Grand Voyage "

CHAPITRE 16

Elle prend ses crayons et ses feutres. Peu à peu, des traits se forment sur la feuille blanche. Elle aime les couleurs de l'arc en ciel, Tarah. Elle regarde par la fenêtre. Face à elle, l'arbre pleureur du jardin la plonge dans ses songes. Son aspect tombant et majestueux à la fois, la rend un brin mélancolique. De ses doigts, elle dessine le tronc puis colorie en vert le feuillage. Elle s'applique, très concentrée. Sa langue sort un peu de sa bouche, comme pour l'aider à mieux guider sa main. A sept ans à peine, on connaît déjà l'importance du bien faire. Après tout, on lui répète bien à l'école de s'appliquer.

Alors, elle s'applique. Elle aime la nature et aime la reproduire.
Dans le coin de la page, un soleil rayonnant surgit, d'un jaune éclatant. A côté d'elle ses compagnons l'observent et veillent sur elle. Ses peluches, au moins une quinzaine, installées sur son lit, semblent la fixer pour la protéger. Son monde est là autour d'elle. A nouveau, elle lève la tête vers la fenêtre de sa chambre. Une mare de marguerites à ses racines, le saule déploie ses branches. Les larmes de l'arbre se balancent au gré du vent. Charme de l'aube printanière - C'est beau. Tarah a le regard dans le vague.
A quoi pense-t-elle ? A quoi rêve-t-on à sept ans ?
Soudain, elle est interrompue dans ses pensées par le chant d'un oiseau, sans doute niché sous le toit de la maison. Elle reprend le cours de son dessin et change de feutre. Elle passe au rouge et pose une fleur (un coquelicot, peut-être ?) avec ses pétales. Elle doit aussi remplir le feuillage de l'arbre laissé en suspens. C'est du travail, un beau dessin !
Puis les contours d'une femme assise sur un rocking chair avec un châle sur les jambes apparaissent.
Elle sent une main posée sur son épaule et reconnaît le doux parfum de sa mère.

Un parfum léger, un peu acidulé mais si frais. Et il lui va si bien à sa maman.
- C'est moi, là, assise sur la chaise, ma chérie ?
- Non maman, c'est moi quand je serai vieille.
- Ah, ça alors !
Jour après jour, sa mère est étonnée par Tarah. Cette petite, par son insouciance la surprend. Elle respire la vie avec un grand " V ".
Pourtant Tarah doit déjà affronter les injustices de l'existence. Elle est là, installée dans son fauteuil roulant.
Alors, avoir une vision d'elle à l'âge de quatre-vingt ans, toujours assise, n'est que pure logique. Que pourrait-elle espérer d'autre ?
Mais elle n'est jamais triste, rêveuse oui. Elle a des envies plein la tête et sa mère ne veut en aucun cas les détruire.
- Tu sais, quoi, ma toute belle, je trouve cette femme très digne.
- C'est quoi digne, maman ?
- Comment dire … : trop bien.
- Je comprends, répond Tarah sans autre commentaire. Elle approuve sans doute. Après tout, c'est d'elle dont il s'agit !
- Dis, maman, il rentre quand papa ?
- Dans trois heures, environ. On prendra le bain avant et comme ça, il retrouvera

une petite fille toute propre. Elle sourit. Son mari, protecteur, ami, amant est un homme merveilleux que le chagrin d'avoir une fille handicapée, n'a pas effondré.

- Je continue un peu mon dessin, d'accord ?

- Oui, bien sûr. Ce n'est pas encore le moment.

Tarah reprend ses crayons multicolores et embellit son croquis, toujours observée par ses fidèles amis.

La dame sur le rocking chair porte maintenant un pull orange et son châle est bleu. Bleu azur comme le ciel dans ses dessins, toujours. De toute manière, elle n'aime pas les orages. Il ne pleut jamais dans son monde artistique ; et il y a toujours des fleurs.

La maison a dû être aménagée après l'accident. Plus de chambre à l'étage pour Tarah. Sa chambre se situe désormais à côté de la salle à manger, à la place de la chambre d'amis et face à celle de ses parents. La cuisine a été également modifiée : un peu plus étroite pour agrandir la pièce principale et laisser Tarah se déplacer sans encombre sur son passage. Tout doit lui être accessible, sans contrainte. Description trop simpliste

de la situation. Le premier pas reste l'acceptation. Pour Tarah, bien sûr, mais les enfants sont souvent plus courageux que les parents, face à l'épreuve - parents impuissants face au destin de leur fille. Mais Tarah les réconforte, elle est persuadée qu'elle remarchera.
« Un enfant doit courir, dit-elle - alors, moi, je vais courir à nouveau. »
Après tout, les médecins n'excluent pas définitivement l'idée. Alors, c'est peut-être ce bout de chou, qui a raison. Elle a tellement de volonté et d'énergie.
Elle a gardé son sourire de princesse. C'est d'ailleurs le nom que lui attribue son papa. Elle est sa " Princesse ". Les parents de Tarah n'ont pas d'autre enfant. Pas de frère ou sœur ; mais elle ne se sent pas seule. Elle voudrait bien mais comment jouer avec lui ou elle ? Comment lui apprendre toutes ces bêtises, immobilisée sur un fauteuil ?
« Quand je remarcherai, alors là, les parents pourront se remettre au travail. »
Elle accomplira vraiment son rôle de grande sœur. Tarah en est persuadée.

– Tarah, il va être l'heure du bain ! lui rappelle sa maman de la cuisine. Tu as fini ton dessin ?

– Pas tout à fait mais presque. Je fais encore quelques fleurs.
– D'accord, dans dix minutes, je viens te chercher.
– Ça marche !
Sa mère sourit. Tarah a aussi beaucoup d'humour et de vivacité pour son âge.

Elle voit également par la baie vitrée du salon les peupliers du jardin et un peu à l'écart, le saule qui déverse tout son chagrin.
« Tarah projette sa tristesse au travers de cet arbre » pense-t-elle.
Il représente son refuge, sans doute dans les moments de désarroi qu'elle n'ose pas montrer à ses parents. Elle s'isole au pied de son tronc avec Taquin, son confident.
Que lui raconte - t-elle ?
Sa mère aimerait parfois l'entendre, mais Taquin reste fidèle et ne dévoile rien.

CHAPITRE 17

8 heures. Le réveil sonne. Une nouvelle journée qui commence. Il faut se lever. Renouveler le rituel de tous les matins. Avoir la force de se mettre debout, prendre ses médicaments, le petit-déjeuner, se laver, s'habiller. Au seuil de ses soixante-trois ans, la vie de Jeanne est réglée comme une horloge. Pas de compagnon humain ou animal pour la motiver. Aujourd'hui, onzième jour du mois de Mars, le soleil fait encore l'honneur de sa présence. Que va-t-elle faire ? Peut-être aller au marché. Quel jour sommes-nous ?

Elle regarde le calendrier. Les jours écoulés sont barrés au fur et à mesure ; Jusqu'à quoi ? L'autre monde peut-être. Elle se sent si vieille parfois.
Donc, hier c'était lundi ; eh oui, c'est mardi et elle peut se rendre en ville. Elle a trouvé le but de la journée ... enfin de la matinée.
Pour l'après-midi, heureusement que les programmes télévisuels existent. Elle a connu la RTF puis l'ORTF - une chaîne de télévision en noir et blanc. Maintenant, il paraît que l'on va pouvoir bientôt recevoir une dizaine de chaînes avec le câble ou un truc semblable !
Elle se prépare, se coiffe. Sa chevelure dont elle est fière, épaisse d'une couleur blond argenté lui adoucit les traits. Le bleu gris de ses yeux est valorisé avec un peu de fard à paupières et l'éclat de sa peau claire embelli par un léger voile de rose aux joues. Le reflet dans la glace la ravit.
« Bon, ça passe encore. Tout n'est pas à rejeter. »
Un dernier coup d'œil pour voir si tout est à sa place. Son modeste deux pièces ressemble à sa propriétaire : sans éclat mais douillet. Les meubles en merisier s'unissent au décor provençal des tableaux sur les murs. Les bouquets de

roses ou mimosas selon la saison dispersés çà et là, attirent l'œil comme les touches de couleurs sur une peinture impressionniste puis se fondent dans le décor.

Elle prend son cabas et sort de son appartement. Elle croise un voisin, connaissance de quelques années, un simple visage familier.

- Bonjour, une belle journée qui se prépare, je crois.

- Oui sans doute. Au revoir.

Il lui sourit.

« Je suis sûre qu'il ne connaît pas mon prénom, se dit-elle - au fait, lui quel est-il ? » Et sans plus chercher à se rappeler le prénom de son voisin, elle continue son chemin.

Elle prend le bus ligne 3 qui l'amène à la Place de la Mairie. Trajet lui aussi familier, depuis trente ans qu'elle habite cette ville. Elle l'a vue se développer avec ses résidences toutes neuves à la place de terrains vagues. La population a triplé depuis son arrivée au milieu des années cinquante. Jeune diplômée de l'Ecole Normale, elle a pu exercer son métier d'institutrice dès leur installation avec Romain, son mari. Alors, elle a appris à lire et à écrire à ses concitoyens sur trois générations. Ça fait du monde !

Parfois, elle reconnaît un regard espiègle, une expression dans l'un d'entre eux. Certains sont restés dans cette ville qui s'est agrandie ; mais d'autres ont préféré quitter la province pour voir plus grand, la capitale. Comme Romain qui a fait sa crise de la quarantaine à trente-cinq ans. Il était original, c'est ce qui l'avait séduite jeune fille, lors de leur première rencontre.
Et pour confirmer l'originalité, il l'a laissée élever seule leurs deux fils. Oh ! bien entendu, une carte pour les anniversaires ou pour Noël : histoire de se donner bonne conscience sans doute. Les hommes qui ont compté dans sa vie sont ses fils. Et ils lui ont bien rendu. Mais le monde moderne est ainsi fait. Ils sont partis loin du cocon familial ; l'un aux Etats-Unis et l'autre en Espagne. Ils construisent leur avenir. Elle leur rend visite une à deux fois par an. Alors elle doit s'habituer à la solitude, jour après jour. Elle a quand même quelques occupations : deux fois par semaine, elle donne bénévolement des cours de lecture aux enfants en difficulté pour une association. Enseigner a été son leitmotiv durant toute sa vie active et le reste pendant la seconde vie qu'est la retraite.

Le rythme s'avère moins effréné mais la satisfaction demeure.
Quand les gamins lui sourient après une page de lecture, un immense bonheur l'envahit. Agés de six à onze ans, ils sont ses petits-enfants par procuration. Elle attend avec impatience d'être véritablement grand-mère. Mais pour l'heure, la réussite professionnelle représente la priorité de ses fils. Alors, elle attend.
Parfois, elle décèle en elle l'étrange impression d'une éternelle attente : elle attend une lettre de ses enfants, elle attend le bus aller, le bus retour…

Elle a flâné du côté des fleuristes au marché et n'a pu résister à l'envie de s'offrir un bouquet de tulipes. Les rayons du soleil de la matinée l'y ont encouragée.
« Prolongeons cette amorce du printemps qui se profile. »
En fermant les yeux, elle entendrait presque déjà les cigales chanter annonçant l'été suivant.

CHAPITRE 18

Assis au pied de la roue du fauteuil, Taquin veille sur sa maîtresse. Il sait quand elle a besoin de lui. Après tout, déjà plusieurs mois de vie commune. Un regard et ils se comprennent. Quand Tarah dort, Taquin n'est jamais bien loin, couché en boule au bout du lit ou sur le fauteuil de la chambre. Il arrive le matin, la réveille tout doucement en miaulant à son oreille. Et elle le caresse aussitôt.
Il passe sa patte derrière son oreille et se la lèche. C'est le temps de se faire propre. Comme Tarah pour ses dessins, Taquin s'applique toujours pour sa toilette. Elle apprécie ces gestes et le dévisage. Son

regard doux vert-doré apaise souvent Tarah.
Ses facéties l'amusent. Un bout de ficelle, un vieux papier qui traîne et voilà Taquin qui se jette dessus pour la plus grande joie de sa jeune maîtresse, qui rit aux éclats.

Parfois, elle lui avoue ses craintes pour l'avenir :
- Tu crois que je pourrai bientôt jouer avec toi dans le jardin, Taquin ?
Il l'observe de ses yeux ronds et comme réponse, se colle à elle et ronronne. Tarah l'entoure de ses bras.
- Ça veut dire, oui, hein ? Merci Taquin. Tu es mon ami, je t'aime moi aussi très fort. J'aimerais voyager comme maman et papa l'ont fait avant ma naissance. Tu vois, Taquin, j'aimerais bien nager avec les dauphins et aller en Amérique, mais c'est loin.
Cet ami à quatre pattes, muet comme une carpe (enfin plutôt un chat) se blottit contre sa poitrine pour mieux lui faire sentir qu'il est là et ne la laissera pas. Son plus grand voyage, à lui, c'est le jardin et les branches du saule.
- Alors tu vois, pas besoin d'aller sur un autre continent, semble-t-il dire à sa maîtresse.

Et il penche sa tête en arrière, la gueule entrouverte, alangui, prêt à recevoir ses câlineries.

Elle se souvient quand le jour de Noël, sa mère lui a amené cette boule de poils un peu tigrée avec ses yeux étonnés, curieux de tout ce qui l'entourait.
– Oh maman ! Qu'est-ce que c'est ?
– Regarde ma chérie. C'est un chaton. Nous avons pensé avec papa te faire la surprise en le commandant au Père Noël. C'était une bonne idée ?
– Oh comme il est mignon ! Comment il s'appelle ?
– Ah ça, c'est à toi de décider.
– C'est pas le père Noël qui choisit ?
– Euh, non ...il te laisse appeler ton chat comme tu veux. Il sait que tu l'aimeras très fort.
– Oh oui, ça c'est sûr. Regarde, il va partout. Il se cache, maman ! C'est un filou.
– Oui, il est taquin, ma Princesse.
– Papa ! on va l'appeler Taquin. J'aime bien.
– Et je crois que ça lui ressemble.
Son père est heureux en observant sa fille si joyeuse.
– Il l'a trouvé où, le Père Noël, dis maman ?

- Ça c'est le secret du Père Noël. Si on savait, Noël ne serait plus magique.
- C'est mon plus beau cadeau de Noël. Merci papa Noël, dit-elle en se tournant vers la fenêtre et levant les yeux au ciel. Une fossette se creuse dans sa joue quand elle sourit et son regard se remplit de malice.
« Ils vont faire la paire tous les deux » pense son père. Il se tourne vers son épouse et devine qu'elle a le même pressentiment.
Taquin explore toujours les lieux, sous le canapé, derrière le mobilier et les plantes. Il renifle tous les recoins de la maison.
- Tu es chez toi, Taquin, lui lance Tarah.
Elle essaie déjà de le prendre dans ses mains en avançant sa chaise mais il s'éloigne.
- Il a encore peur, c'est normal, dit-elle à ses parents, comme pour les rassurer.
- Oui, c'est normal, ma chérie, confirme sa mère - Il doit découvrir son nouvel environnement d'abord. Ne t'inquiète pas, Taquin va t'adorer.
- Oh, je suis pas inquiète. Moi, je l'aime déjà. Il faut lui acheter à manger et lui construire son endroit à lui. Je vais lui prêter mon coussin mauve pour dormir.
- C'est une très bonne idée, ma Princesse. Et dès demain, je lui achète des

croquettes. Je vais lui mettre un morceau de carton avec du papier journal pour le " petit coin ".
Tarah éclate de rire.
- C'est rigolo. T'es rigolo, Taquin.
Rien n'avait été préparé à l'avance afin que l'effet de surprise soit total.
- Mais pour ce soir, qu'est-ce qu'il va manger ? s'interroge Tarah.
- Un peu de jambon devrait lui plaire et promis demain dès 9 heures, je vais au supermarché.
- D'accord, papa.
Et pour approuver cette discussion et mise en place, un léger miaulement se fait entendre, près du sapin.
- Taquin est aussi d'accord, papa.
Tarah semble radieuse. Les deux minois lui adressent toute leur innocence et gaité.

Voilà, c'était il y a moins de trois mois, quelques semaines après l'accident.
Aujourd'hui Taquin est toujours là, bien sûr. Chaque jour, il l'aide dans son combat, inconsciemment. Il la verra marcher. Elle le lui a juré en secret. Et Taquin, il sait garder un secret.

CHAPITRE 19

Un olivier, des orangers : et voilà Jeanne partie dans ses rêveries. Quand le froid se fait tenace en Février, elle pense au prochain été. Et maintenant le printemps pointe le bout de son nez timidement. Le cycle de la vie. Dans ce pays, la nature fait partager toute sa générosité. Parfois, Jeanne met ses chaussures de marche et déambule au volant de sa voiture dans l'arrière-pays provençal. Elle s'arrête dans un village dont le nom lui plait ; où l'église et son clocher semblent l'attendre depuis une éternité, ou encore une place avec une fontaine déversant son eau transparente qui lui chante " A la claire

fontaine ". Elle met son chapeau, s'assure que ses souliers sont suffisamment serrés et que sa gourde est pleine. Equipée de toute son énergie et du nécessaire de survie (eau et biscuits aux céréales…) et c'est parti pour l'aventure !
Elle admire la végétation pendant ses promenades pédestres. La diversité des arbres l'impressionne : peupliers, pins, champs d'oliviers, palmiers se côtoient. Pour les notes colorées : le mimosa en hiver et les lauriers roses, blancs, rouges en été, tiennent leur rôle.
Puis, elle croise sur le chemin une habitation surgissant de nulle part, installée là au milieu de rien mais entourée de beauté. Quelques chevaux gambadent, libres.
A trente kilomètres de la ville, un paysage sauvage s'offre à ceux qui savent l'apprécier et prennent le temps de le contempler.
La Provence : l'intonation de ce nom en elle-même est une musique. Dès qu'on le prononce, on entend les grillons au loin et on sent le soleil caresser la peau de sa chaleur. Les papilles s'agitent au goût de l'huile d'olive et le corps entier se prépare pour la sieste. Chères traditions !

Un jour, peut-être, Jeanne aura envie d'écrire des histoires sur sa région.
Elle l'envisage parfois. Des contes merveilleux où les animaux seraient les héros, rois de leur territoire.
Elle aimerait partager ses impressions, ses rencontres - cailles, écureuils, biches, moutons, sangliers - mais pour ces-derniers, elle préfère ne pas trop les approcher…
Jeanne est une aventurière mais avec ses limites. Des récits imaginaires où le danger serait bravé par le plus gentil, qui serait le plus fort, bien sûr, lui permettraient de vivre intensément ses expéditions solitaires et l'amuseraient sans aucun doute.
Elle se promet d'y réfléchir dès le lendemain. La nuit porte conseil.

Elle savoure la douceur et la légèreté d'une journée tranquille sans excitation mais sans heurt qui s'achève. Avoir à nouveau des projets, pourquoi pas ?
Elle pourrait même tester ces histoires auprès des enfants qu'elle voit aux cours de lecture. S'ils n'aiment pas ou si cela ne représente aucun intérêt, elle sera vite fixée avec eux.
Elle baisse les paupières et s'abandonne à la nuit.

Elle se retrouve au cœur d'une forêt mystérieuse. Il fait sombre mais pas noir. Est-ce l'aube ou le crépuscule ? Rien ne lui permet de se repérer. Elle regarde autour d'elle. Quelles sortes d'arbres l'entourent ? Elle ne saurait dire. Leur forme est peu commune voire inexistante. Des arbres difformes. Elle ne connaît pas cet endroit. Les couleurs des troncs offrent un panaché : certains verts, d'autres rouges, d'autres encore bleus. Non, non, ceux ne sont pas les feuilles, bien des troncs et les branches. Quant aux feuilles … eh bien, elles s'assemblent en une masse dense, tellement dense qu'elles ne permettent pas d'apercevoir le ciel.
Quelle contrée sensationnelle, attirante, fantasmagorique !
Subitement, une lueur transperce le paysage à travers deux arbres. Le soleil est là : le Roi de l'Univers fait son apparition. Il semble se lever car il n'est pas très haut. Mais les reflets qu'il déploie donnent de la magie aux éléments autour de Jeanne.
Elle aperçoit derrière un buisson touffu, une masse qui bouge. Elle s'approche mais le petit être, une bête dirait-on, apeuré, s'enfuit. Est-il aussi perdu qu'elle ?

Elle poursuit son chemin et suit le sentier qui s'enfonce à nouveau dans la pénombre. De chaque côté, des fleurs l'accompagnent et la guident dans son avancée. Elle n'avait jamais vu de fleurs aussi étranges aux formes si biscornues. La faune et la flore de cette forêt singulière l'observent. Jeanne sent leur " regard ", et leur soutien comme des amies proches et discrètes à la fois.

Comme un conte illustré !

Elle continue sa route en scrutant la nature et en sifflotant " Le jardin extraordinaire " de Charles Trenet. Un tronc se fend d'un sourire et la salue de ses branches. Il agite son feuillage et une douce pluie se déverse sur Jeanne qui rend son sourire à Monsieur Chêne ou Hêtre, ou encore Erable. Rien de précis mais l'essentiel ne se situe pas là. Elle entend des bruits sourds, à peine audibles. Les fleurs chuchotent. Que se racontent-elles ?

Difficile à comprendre - Mais elles communiquent leur gaieté autour d'elle. Le chemin s'éclaircit et se fait plus large. Jeanne ne connaît pas le but de cette promenade, voire de ce périple. Seule sa curiosité l'incite à aller jusqu'au bout.

Que veut lui transmettre cette nature sortie d'une œuvre d'Andersen ?

Le sentier s'élargit de plus en plus et après plusieurs mètres, un obstacle. Des branchages entrelacés coupent la route. Font-ils l'amour ? Elle s'arrête, étudie cette porte naturelle, virtuelle dont la fonction doit être précise. Que faire ? Demi-tour ? Ne serait-ce pas un peu trop facile et lâche ? Où se cache la légendaire aventureuse Jeanne ? Seulement, ça c'est dans la vie réelle. L'irréalisme de la situation prête à confusion. Après une réflexion de quelques secondes, Jeanne décide d'avancer. Là, chose étrange, (elle finit par s'y habituer), les branchages se séparent et laissent percevoir un immense espace.

La sexagénaire franchit " la porte " : une clairière se présente à elle et au loin jaillit un superbe arc en ciel si lumineux que Jeanne éprouve le besoin de le toucher. Mais peu à peu l'image devient floue. L'herbe ondule : est-ce de la végétation, de l'eau ?

8 heures : la sonnerie du réveil. Il faut un peu de temps à Jeanne pour rassembler ses sensations et retrouver ses idées. Elle n'est plus en pleine nature mais bien dans le lit de sa chambre. Elle aperçoit les rideaux pastel aux fenêtres et reconnaît son environnement familier. Elle est revenue dans sa vie quotidienne avec cependant la sensation que désormais ses contes ne seront jamais loin d'elle ainsi que l'envie de les transcrire.

Dans ce pays imaginaire,
Qui n'existe nulle part dans l'Univers,
Je voudrais y vivre
Ne serait-ce qu'une heure,
Pour pouvoir dire
J'ai connu le vrai bonheur.

Je m'envole au-delà des frontières,
Dans mes rêves de solitaire,
La vie est bien plus belle
Lorsqu'elle est irréelle. *

* " Rêves de solitaire "

CHAPITRE 20

Ce matin est un peu particulier pour Tarah. Elle a décidé de se pomponner. A son âge, elle possède déjà la coquetterie et l'élégance de sa mère. Elle attache ses cheveux blonds comme les blés, et choisit le collier de perles confectionné avec sa maîtresse d'école. Elle appelle de sa chambre :

- Maman, tu peux venir, s'il te plaît ?
- J'arrive, mon cœur.

Sa mère apparaît sur le seuil de la porte, la mine tendue. Elle sait aussi que cette matinée compte beaucoup pour sa belle petite fille.

- Maman, je voudrais mettre une robe aujourd'hui. Tu peux m'aider à me décider pour laquelle ?
- Bien sûr, ...oh ! Comme tu es belle avec ce bijou et cette queue de cheval.
Aussitôt les traits de sa mère se sont apaisés et Tarah reconnaît en elle, celle qui sait tant la rassurer.
- Je dirais que ta robe bleue et rose irait très bien avec ton collier.
- D'accord, maman.
Tarah montre du doigt les collants assortis. Un dernier détail : les bottines. A l'âge de raison, on ne met pas n'importe quelles chaussures avec une robe !
- Et toi, maman, tu t'habilles comment aujourd'hui ?
- Je vais essayer d'être aussi jolie que toi, promis.
- Mais tu es tout le temps jolie, maman.
Une larme naît au coin de l'œil de sa mère. Tarah est vraiment extraordinaire. C'est pour elle qu'elle doit garder sa force et l'espoir de la revoir cueillir les fleurs du jardin. Alors, elle cligne des yeux et la larme disparaît. Même si l'angoisse l'habite et la torture ce matin, elle ne doit pas en laisser paraître une trace pour Tarah, en l'honneur du dynamisme de sa fille.

Toutes deux prêtes, elles sortent de la maison et se dirigent vers la voiture. Le véhicule familial a également dû être adapté pour pouvoir installer Tarah et son fauteuil. La découverte des paysages de la Côte d'Azur et la liberté de Tarah en dépendaient. Souvent les dimanches ensoleillés, ils partent tous les trois pour visiter les villages aux alentours. Le papa de Tarah, originaire de cette région magnifique, en connaît chaque recoin.
Elles arrivent à l'hôpital avec vingt minutes d'avance sur l'heure du rendez-vous. L'attente n'en sera que plus longue mais elle est proportionnelle à l'importance de cette entrevue. Il est 10 heures 30 et la salle d'attente du Professeur Richeaux compte déjà quatre autres patients. Ce chirurgien spécialiste de la moelle épinière dont la renommée est connue de par la France entière, a été vivement recommandé par le pédiatre qui suit Tarah depuis sa naissance.

Depuis l'accident dont Tarah a été victime, chaque jour le Dr Mourou s'interroge et se documente sur les différents aspects d'un tel traumatisme.
Il a demandé des radios des jambes et du dos de Tarah. Sans vouloir encourager quelques fausses espérances ou assaillir

ses parents, il cherche la faille dans l'issue fatale de la situation où se trouve cette petite fille. Il la soigne depuis sept années et son sourire angélique l'a séduit. Pourquoi elle ? Il s'occupe de beaucoup d'autres enfants et chacun avec son innocence l'attendrit jour après jour. C'est d'ailleurs, l'origine de sa vocation. Les enfants ne trichent jamais contrairement aux adultes. Ils ne connaissent pas la notion d'intérêt. Mais Tarah a toujours eu quelque chose de différent, d'indéfinissable, " un supplément d'âme ".

Lorsqu'il avait appris la terrible nouvelle, ce mercredi soir de mi-Novembre, il n'avait pas pu cacher son émotion.

Un chauffard n'avait pas su s'arrêter à temps au passage piéton et avait dérapé sur le trottoir où malheureusement se trouvait Tarah. Elle attendait tranquillement le bus avec la mère de son amie de classe, Justine. La voiture était arrivée trop vite, ne laissant pas le temps à la mère de Justine de protéger les fillettes. Justine était tombée sur le côté et avait eu les deux bras brisés ainsi qu'une côte fêlée. Mais Tarah avait heurté le banc de l'arrêt d'autocar et le choc avait été malheureusement plus brutal. Son dos avait été touché ainsi que les nerfs. Justine était venue voir Tarah à l'hôpital. Elle était si triste pour son amie. Elle pleurait et ne comprenait pas pourquoi, elle, elle pouvait marcher ; alors que Tarah était toujours alitée. Sa mère n'osait affronter les parents de Tarah. La petite fille était sous sa responsabilité et elle n'avait pas su la protéger. Pire, elle-même avait peu souffert de la collision.

Le Dr Mourou avait assisté au désarroi des proches de Tarah, de sa famille, de ses camarades. Après un séjour d'un mois à l'hôpital, le diagnostic semblait peu optimiste quant à la reprise de l'usage de ses jambes. Mais Tarah était restée enjouée comme si elle savait en secret que rien n'est jamais définitif. Cette énergie avait su rassurer le Dr Mourou : le monde à l'envers !

Et il y a un mois environ, il a contacté le Pr Richeaux. Ce grand homme d'un mètre soixante avec mocassins, trouvera l'élément salvateur pour Tarah. Elle doit pouvoir sauter à nouveau dans la cour de récréation.

Assises depuis maintenant une demi-heure, Tarah et sa maman se tiennent la main. Celle de sa mère est un peu moite mais Tarah ne la lâcherait pour rien au monde.

La porte s'ouvre.
- Tarah ?
La maman de Tarah se lève.
- Bonjour, Professeur.
Le Professeur Richeaux leur fait signe d'entrer dans son bureau.

Telle une étoile
Elle nous entoure
De ses cinq doigts
De tendresse et d'amour

De ses rayons lumineux
Elle nous protège
Par temps glacial et pluvieux
Elle réchauffe sans trêve

Par-delà les chemins
Elle nous emmène
Guidant notre destin
Et soignant nos peines

Au creux de son étreinte
Elle guérit du malheur
Mais jamais sans crainte
Construit notre bonheur

Telle une fleur
Qui se déploie
Offrant sa splendeur
Et tous ses éclats

La main d'une mère
Un cadeau pour la vie entière*

* " La main d'une mère "

CHAPITRE 21

Après une après-midi de promenade, cette fois-ci non virtuelle, la retraitée rentre chez elle vers 17 heures. Elle se prépare un thé au lait, prend quelques pâtisseries aux amandes. La marche, ça ouvre l'appétit. Son carnet et un stylo sont posés à côté, sur la table. Elle va se lancer dans le récit de son rêve, son premier conte. Elle boit la boisson chaude tranquillement comme si chaque gorgée l'inspirait.
Les mots s'inscrivent sur la feuille blanche - description de la forêt dans un premier temps puis insertion du personnage la représentant : un écureuil.

Elle se concentre pour utiliser des termes simples mais précis. Jeanne aime les mots : les lire et les écrire. Lorsqu'ils s'unissent sur le papier, une émotion s'en dégage, la féerie s'opère. Le lecteur ressent de la peine, de la joie, parfois de la douleur au travers d'une histoire. Son public sera des enfants et leur jugement impulsif.
Le lendemain, elle doit se rendre à l'hôpital pour l'un de ses " élèves " de l'association. Il sera son premier témoin. Suite à une chute dans un escalier, il a des fractures à la jambe gauche et aux poignets. Rien de grave, mais la voie de la guérison sera longue. Il doit s'absenter de son école pendant quatre semaines au minimum. Déjà en difficulté en cours de français, ce garçon apprécie l'aide de Jeanne avant son admission au collège. Quand ses parents l'ont prévenue, elle a spontanément proposé de se rendre à l'hôpital pour éviter un retard amplifié. Geste fort apprécié de leur part. Le jeune blessé a tout d'abord fait la moue.
– Si tu ne vas pas à l'école, l'école vient à toi, lui a dit Jeanne en plaisantant.
La tendresse et la patience de Jeanne ont su le conquérir, une nouvelle fois.

Elle prépare donc sa visite. Elle ne veut pas le décevoir. Elle ne doit pas le décevoir. Le rendez-vous est fixé en début de matinée après les soins et avant la visite de ses parents. Ils lui font confiance.

– Bonjour, bonhomme.

– Bonjour Jeanne.

– Comment vas-tu aujourd'hui ?

– On fait aller. J'en ai marre d'être là.

– Oh là, là, on n'a pas le moral aujourd'hui ! on va essayer d'arranger ça. Je sais que la situation n'est pas très drôle pour toi, en ce moment. Mais tu vas voir, ça ne va pas durer. Tu vas sortir de l'hôpital dans un mois et tu reprendras ta vie d'avant.

– Un mois, c'est long ! vous vous imaginez pas !

– A ton âge, ça peut paraître long mais je viendrai te voir au moins trois fois par semaine. Si tes parents sont d'accord, et toi aussi. Et si la présence d'une vieille dame à coté de toi ne t'ennuie pas ?

– Non, vous êtes sympa. Vous m'avez jamais pris la tête.

« Bon, c'est direct au moins. » Jeanne a toujours apprécié les enfants et su les appréhender.

Elle approche la chaise du lit et s'assoit.

– Hier, j'ai écrit une histoire et j'aimerais te la lire.
– Cool !
– Attends que je te la raconte mais ton enthousiasme m'encourage. Allez, je commence.
Elle se racle la gorge pour éclaircir sa voix. Elle a la sensation de passer un examen oral. Cette impression la replonge un demi-siècle en arrière.
« Un peu de concentration, ma Jeanne. » s'autocritique-t-elle.
Elle ouvre son cahier de notes :

L'histoire que je vais vous raconter se déroule dans un pays étrange et imaginaire où les arbres dansent, les feuilles chantent et les animaux parlent. Je me présente : chapon. Je suis un écureuil et j'habite dans cette forêt….

….. Voilà, c'était une de mes aventures extraordinaires. Promis, je vous ferai partager mes péripéties, si vous le souhaitez à nouveau. Maintenant, je dois vous laisser et remonter au creux de mon arbre favori. Il m'attend. A bientôt, j'espère.

Jeanne ferme son carnet et relève la tête. Le jeune garçon sur le lit a les yeux mi-clos et les lèvres entrouvertes.

« Il s'est endormi, pense la bénévole - Bon, je n'aurai pas le verdict cette fois-ci. De deux choses l'une : ou il s'est ennuyé et a somnolé tout au long du récit ; ou son esprit s'est pris au jeu et s'est tout simplement évadé. »
Elle se lève tout doucement sans faire de bruit en reculant la chaise. Elle ne veut pas le réveiller. Elle reviendra dans deux jours pour une leçon de français et cette fois, pas question de dormir.
Elle quitte la chambre et se dirige vers la sortie de l'hôpital.

Au même instant, une jeune femme entre accompagnée d'une petite fille. Une bonté et une gentillesse émouvantes émanent de ce minois si pur. Jeanne ne peut détacher son regard de ces yeux bleus pétillants. Puis, elle réalise qu'elle la fixe et ressent une gêne inopinée. Elle le voit maintenant : le fauteuil roulant.
Le contraste entre la candeur de cette petite fille et la dureté de la situation l'émeut, la bouleverse. L'injustice de l'existence parfois.

CHAPITRE 22

« Le bureau du Pr Richeaux ressemble à tant d'autres bureaux de médecins. » se dit la mère de Tarah. Des stores blancs sur des fenêtres aux bordures blanches, des murs de cette même couleur si neutre, afin d'éviter toute trace d'émotion. Pourtant des conversations précieuses ont dû se dérouler entre ces quatre murs. « Encore un rendez-vous, encore un grain d'espérance. » songe-t-elle.
– Oh ! une image d'un dauphin : c'est joli, dit promptement Tarah.
Cette fille aux yeux étoilés a tout de suite discerné le détail personnel, la touche en

plus qui fait que cet endroit semble coloré.
– Merci Tarah. Tu aimes les dauphins ?
– Oui monsieur, et j'aimerais nager un jour avec eux, déclare-t-elle avec son plus grand et beau sourire.
Sa mère n'ose lever les yeux vers le professeur.
– Tu sais l'Homme et le dauphin se comprennent merveilleusement et il est presque autant complice que le chien.
– Ou le chat, rajoute Tarah - Et puis, ils n'ont pas de pattes…
– C'est vrai. Bon, - poursuit le professeur - je vais vous expliquer le but de ce rendez-vous. Le Dr Mourou m'a transmis les différents examens de ton dos, Tarah. Tu sais qu'il y a une colonne d'os et nerfs qui passe tout au long de ton dos ?
– Oui, je sais.
– Je vais l'étudier encore plus en détail car ici, dans cet hôpital, nous possédons des appareils très sophistiqués, performants. Je sais que tu as déjà eu beaucoup de radios et analyses mais nous étudions, ici, les dernières technologies et avancées concernant la moelle épinière … cette colonne dont je te parlais.
Le Pr Richeaux s'adresse à Tarah mais ses paroles sont bien sûr également destinées à sa mère.

- Pour l'instant, je ne vais pas entrer dans des explications compliquées car je préfère étudier plus attentivement ton dos d'abord.
- Professeur, intervint la mère de Tarah qui s'exprime pour la première fois depuis son entrée - je voudrais savoir si tous ces examens vont durer longtemps.
Il émane de l'expression de cette femme une tristesse et une souffrance interne contrastant de façon surprenante avec la joie de vivre de sa fille.
- Tarah, je vais demander à mon assistante de te montrer un peu l'hôpital pour te familiariser avec les lieux.
Il appuie sur l'interphone et appelle une infirmière.

La porte de son bureau fermée, le Professeur Richeaux fixe la mère de Tarah intensément et attend avant de parler. Ce quinquagénaire aux tempes grisonnantes et filets argentés au-dessus de ses yeux marrons, presque noirs veut trouver les mots justes afin de ne pas la blesser, sans la ménager néanmoins.

- Madame, je comprends sincèrement votre inquiétude et je la respecte. Votre enfant a subi un traumatisme et par là même, vous aussi. La réalité est là avec cette chaise. Vous avez une petite fille pleine de joie et de vie. J'ai pu le constater dès les premiers mots qu'elle a prononcés. Malgré tous les examens déjà subis, elle accepte cette nouvelle épreuve. Vous l'avez toujours soutenue, j'en suis certain. Je ne vous cache pas qu'en effet, ces nouvelles études vont prendre quelques semaines, peut-être quelques mois. Je ne le sais pas encore et ne veux pas vous mentir. Mais s'il y a un seul espoir qu'elle puisse retrouver l'usage de ses jambes, le jeu en vaut la chandelle, n'est-ce pas ? Cependant, je ne peux rien vous garantir. La médecine n'est pas une science exacte et ne le sera jamais. Vous avez une fille formidable c'est sans doute parce qu'elle a une mère formidable …

- Merci Professeur. ...un père aussi.

- Je n'en doute pas. Je pense que la visite de l'établissement est bientôt finie. Avant que Tarah ne revienne, je vais donc vous exposer la prochaine étape de notre rencontre. Comme Tarah est en pleine croissance, il faut déterminer différents éléments et pour ça, je vais faire pratiquer une IRM (Imagerie à Résonance Magnétique). Vous savez en quoi ça consiste ? Nous avons l'un des appareils les plus spacieux de France et l'effet de claustrophobie est limité dans ce tunnel

médical. Il faudrait sans l'effrayer, la préparer un peu avant. Dans tous les cas, elle aura un casque sur les oreilles pour la décontracter et captiver sa concentration sur la musique. Dites-lui qu'elle pourra choisir la musique qu'elle veut. On ne le fait qu'avec les enfants, et seulement ici.
– C'est gentil, Professeur. J'ai bien compris. Quand programme-t-on ce rendez-vous ?
– Je vois avec ma secrétaire. Un instant, s'il vous plaît.
Il appuie de nouveau sur l'interphone et en une minute le rendez-vous est fixé pour deux semaines plus tard.
Tarah revient de sa visite avec l'infirmière. Elle semble enthousiaste. Rien n'altère sa bonne humeur.

– Comment s'est passée cette visite, dis-moi ?
– Bien monsieur. C'est grand, dites donc et il y a beaucoup de couloirs.
– Oui c'est vrai. Alors, j'ai discuté avec ta maman et on se revoit dans une quinzaine de jours pour un examen de ton dos. Tu es d'accord ?
– Ok, ça me va. C'est assez sympa ici.
– Merci pour ces compliments Tarah. On essaye de faire un effort sur la décoration des chambres et des couloirs … mais pas

trop des bureaux, ajoute le Professeur Richeaux comme s'il avait deviné les pensées de la mère de Tarah en franchissant le seuil du sien.

CHAPITRE 23

En refermant la porte, l'attitude du Professeur Richeaux semble méditative. Il retourne à son bureau très lentement, presque nonchalamment. Cette inertie lui est pourtant inaccoutumée. Lui aussi est tombé sous le magnétisme de cet enfant. Il comprend le docteur Mourou et l'engouement que ce dernier a témoigné face au drame qui a frappé cette famille. S'il reste une possibilité que Tarah retrouve l'usage de ses jambes, il s'engage personnellement à la trouver et réaliser ce miracle.

« Eh, tu te prends pour Dieu ?! » se dit-il, surpris lui-même par cette fougue spirituelle qui l'envahit si rapidement.
« Reste modeste et modéré surtout. » se répète-t-il.
En effet, dans ce métier difficile, l'aspect humain s'avère aussi primordial que les compétences médicales. Le serment d'Hippocrate le prouve.
Cependant même en restant distant face aux difficultés fréquentes et parfois la détresse des patients, la passion demeure. Sans elle, se lever chaque matin et prendre le chemin de l'hôpital serait un vrai calvaire.

La lampe près du divan du salon diffuse une luminosité légèrement voilée.
Le Pr Richeaux assis, jambes croisées, face à sa bibliothèque laisse ses pensées s'envoler au gré de leurs envies. Un verre de porto rouge est posé sur le guéridon style Louis XV. Son épouse s'est prise d'une véritable frénésie pour décorer leur maison, située sur les collines niçoises. Des tissus Pierre Frey pour les rideaux, mobilier d'époque dans la chambre et le grand salon. La table de la salle à manger a été conçue quant à elle, sur mesure dans un bloc en bois de hêtre par un ébéniste

de la région. Fierté suprême de Madame Richeaux.
Le jardin d'un demi-hectare à l'arrière - repère privilégié des tourterelles pour le plus grand bonheur de leur chat Prosper - embaume hiver comme été de ses parfums de mimosas, oliviers, jasmins, lavandes et bougainvillées. Les baies vitrées du salon offrent une vue exceptionnelle sur l'arrière-pays provençal avec la mer Méditerranée au lointain.
Il aimerait naviguer un peu plus souvent mais son métier accapare ses semaines et ses week-ends aussi. Malgré l'acquisition d'un catamaran de onze mètres, rares sont les moments de plénitude face à la Grande Bleue. A cet instant, il aurait bien largué les amarres pour une heure ou deux. Mais à la tombée de la nuit, l'aventure n'aurait pas été raisonnable.
Alors, il apprécie son apéritif préparé par sa chère et tendre.
« L'alcool et l'air marin vident la tête l'un comme l'autre. Maigre consolation. »
Sa vie est simple et paisible grâce à l'amour de ses proches et le respect de ses collaborateurs.
En revanche, cela n'a pas toujours été le cas. Le respect, oui il le cherchait, le désirait plus que tout au monde. Mais le

respect ça se mérite. Ce ne sont pas les honneurs ni des titres pompeux qui le transmettent.
A trente ans, il ne le savait pas encore. Tout au moins, il voulait le croire mais son ambition gâchait sa perception. Oui tout juste trentenaire, jeune professeur fraîchement diplômé, il avait des solutions par millier pour changer la vie de ses concitoyens. Il affichait une certaine arrogance à trop désirer mettre ses idées en application. Il ne comprenait pas les réticences de ses patients et les doutes de ses confrères. Il allait réussir. Il en était sûr. Il poursuivait ses recherches d'arrache-pied (sans mauvais jeu de mots) et percevait les moyens à entreprendre pour faciliter la vie de ces personnes dont le système neurologique était atteint. Cet aspect du corps humain si précieux pour la mobilité l'avait fasciné dès son plus jeune âge. Reconstruire un homme ou une femme abîmé de l'intérieur comme on peut refaçonner une maison dont les murs se fissurent - tel était sa téléologie. Il se considérait comme un architecte expert de l'enveloppe charnelle.
Parfois, il en oubliait que le corps humain n'était pas qu'un composant matériel, et occultait le psychisme de chacun. La

technique lui paraissait primordiale face à la psychologie qu'il définissait comme abstraite voire superflue. Pourquoi perdre du temps à parler aux malades alors qu'il les rétablissait par son génie en développant de nouvelles techniques ?
Froid et direct dans ses propos lors des entretiens préalables, sa réputation de professeur n'était pas contestée mais il était surnommé " le glacier ". Ses considérations se situaient ailleurs.
Il ne tire aucune glorification de son comportement de l'époque.
Heureusement, toute personne peut évoluer, mais jamais seule, livrée à elle-même.
Cela a duré six années. Puis il a rencontré celle qui allait changer sa vie et lui faire comprendre que " partager " était un terme noble, que la générosité n'était pas un vain mot. Il avait perdu ces notions d'humanisme que tout médecin doit posséder.
Cette femme vit à ses côtés depuis près de vingt années et patiemment, peu à peu, a fait fondre " le glacier ". Un changement climatique positif en quelque sorte...

Aujourd'hui, chaque jour, il éprouve une sérénité à accomplir son devoir de médecin. La confiance de ses collègues l'encourage et l'incite à toujours chercher le meilleur.

Ce soir, il ne peut que penser à cet ange au regard envoûtant que le fatalisme a mis sur son chemin. Ça va au-delà de l'empathie usuelle. Il le sait. Tarah l'a " ensorcelé ", il doit se l'avouer. Jamais le sort d'un malade ne l'a obsédé comme le fait celui de Tarah qu'il ne connaît que depuis douze heures. Est-ce dû à l'aspect médical ou y a-t-il autre chose ?
Cette flamme magique de l'insouciance qui émane de cet enfant ?
Comme il l'a précisé à sa mère, il doit rester prudent dans ses propos et ses espérances de guérison. Son service spécialisé dans la moelle épinière, regroupe nombre de chercheurs issus de l'Institut pour la Recherche sur la Moelle Epinière - IRME, créée l'année précédente par Jean Delourme. Leurs travaux s'orientent sur la greffe de cellules mais également sur la chirurgie des nerfs. Cette partie du corps s'avère complexe et tout diagnostic précoce serait hasardeux. Il est très rare de pouvoir déterminer à l'avance si la paralysie est fatale et définitive, excepté malheureusement si la moelle épinière est totalement sectionnée. La difficulté

réside dans un premier temps à connaître ce degré d'altération. Ultérieurement, la seconde étape sera d'envisager une opération ou non selon les résultats.
Ce raisonnement et ce discours, le Professeur Richeaux a l'habitude de les tenir face aux patients mais aussi face à ses confrères lors de congrès médicaux dont il est parfois l'intervenant principal.

Il reprend une gorgée de porto. La chaleur que lui procure la douceur de l'apéritif l'apaise. Il regarde les points lumineux des villages aux alentours et s'évade à travers l'espace, tel un papillon de nuit.
Son esprit devient léger, ne serait-ce que succinctement et parvient à échapper à toutes ces interrogations.

CHAPITRE 24

Voilà maintenant deux semaines environ que Jeanne se rend à l'hôpital auprès de ce jeune homme dont la convalescence l'oblige à rester encore quelques temps. A chaque visite, elle lui enseigne son programme scolaire afin de ne pas prendre de retard tant dans les matières littéraires que les mathématiques ou la géographie.
Depuis la lecture de son premier conte, Jeanne n'a pas osé renouveler l'expérience. Mais avant-hier, le garçon lui en a fait la remarque.
- Dis Jeanne. Qu'est-ce qu'il devient Chapon ?

- Chapon ?
- Ben oui, l'écureuil dans ton histoire et sa forêt surnaturelle. Tu ne m'en parles plus. Moi, j'aimerais bien avoir de ses nouvelles.
- D'accord, j'ai reçu le message et vais voir où il en est, s'il a eu d'autres péripéties.
Alors, elle s'est préparé une infusion aux fruits rouges en rentrant chez elle, a allumé la platine, y a déposé un disque des grands airs classiques - le ballet " Casse-Noisette " de Tchaïkovski - et a ouvert son cahier.
- Que va-t-il lui arriver à Chapon, maintenant ? s'est-elle interrogée.

En fin de semaine, de retour dans la chambre du jeune blessé, Jeanne s'installe comme à son habitude près du lit. Le regard de son auditoire en dit long sur son attente et son enthousiasme. L'impatience est perceptible à travers l'attitude enjouée que dégage son public auprès d'elle.
« Oh ! Quelle pression. » songe-t-elle
- Allez Jeanne, je t'écoute.
- Je vois bien ; je commence :

Alors que je me promenais au milieu des fleurs et des arbres, un oiseau sur une branche

un peu fatiguée et qui pleurait, a attiré mon attention. Son plumage coloré m'a interloqué et puis moi, je suis un petit animal avide de découvertes et d'aventures. Donc, je suis monté et ai grimpé sur le tronc de cet érable. Pourtant, normalement je préfère les chênes. Enfin, la curiosité s'est montrée la plus forte. J'ai franchi les différentes étapes car ce volatile s'était posé bien haut dans l'arbre. Les branches semblaient vouloir m'aider. Tu te rends compte, moi un écureuil digne de ce nom ! J'arrivais enfin et retrouvais un cacatoès en plein désarroi.
En fait, la branche pleurait pour attirer mon attention. Elle se portait messagère de sa détresse. Pourquoi ce perroquet était-il si triste ? C'est la question que tu dois te poser. Bien sûr, je m'étais rapproché très lentement de lui. Je ne voulais pas l'effrayer. Il essayait de sécher ses larmes avec ses plumes en m'apercevant.
– Salut.
Pas de réponse. Tu penses, le pauvre, il avait vraiment l'air projeté dans la quatrième dimension version animalière. Bon, pas de découragement. Je réitérais avec un large sourire montrant de superbes dents blanches. Oups !
– Mon nom est Chapon et je suis un écureuil. Ne t'inquiète pas pour mes dents, c'est normal, je suis un rongeur et pour me faciliter le travail, on m'a fabriqué comme ça.

Comme réponse, j'ai eu un énorme "sniff".
– C'est pas gagné. Que t'est-il arrivé ? Est-ce que tu sais où tu te trouves ?
Je continuais le monologue :
– Je ne te veux aucun mal, moi. Je mange pas les espèces de ton genre, si c'est ça qui t'inquiète.
Re "sniff".
Je me tournais vers la branche et ses feuilles. Après tout, elles l'ont côtoyé depuis plus longtemps que moi. Elles avaient peut-être un remède à me suggérer.
– Eh vous ! vous pouvez pas me donner un coup de pouce, s'il vous plaît ?
La branche s'est tordue doucement :
– Désolée, Chapon, il est comme ça depuis son arrivée qui a d'ailleurs été mouvementée. Il a failli tomber et grâce à mes copines, on l'a retenu et posé là où tu le vois maintenant.
–Hum, ça va pas être facile mais on ne peut pas le laisser dans cet état.
– D'accord avec toi Chapon.
Je réfléchissais quelques secondes et puis ne trouvant pas d'autres solutions, je renouais le semblant de conversation.
– Je vais venir un peu plus près de toi, ok ? Je ne vais pas te toucher, juste observer si tu es blessé. Si ça se trouve, tu ne saisis rien de ce que je te dis, et tu as mal à une de tes pattes.
– Non, ze comprends ze que tu dis.
Je me stoppais net au son de sa voix.

– Tu …tu es sûr que tu as mal nulle part…même pas au bec ? Je connais un peu les sons de tes congénères et là, c'est un peu …inhabituel.

– Ze zais. Z'est toujours comme za. Le comble pour un perroquet : un problème d'élocution zertain. Déformation au bec, à la naizanze.

– C'est pour ça que tu te mets dans un état pareil. Ce n'est quand même pas la fin du monde !

– Imazine un peu, tu as de toutes petites inzizives ; tu dirais quoi ?

– Hum, j'avoue que vu sous cet angle...

– Ben oui. Ze ne suis bon à rien et on me l'a bien fait comprendre.

– Comment ça ?

– Ben, z'ai plus d'amis. Z'ai plus de famille. Ze zuis la honte de tout mon entourage car ze suis différent. Alors z'ai fui mon pays et ai volé juzqu'à l'épuisement. Et me voilà izi avec toi.

– Mais c'est injuste ! On ne chasse pas un être parce qu'il a un souci de … prononciation.

– Oh, ils ne m'ont pas zazés. Z'ai préféré partir de moi-même. Z'ai encore un fond de dignité. Z'ai beau avoir un plumage bigarré et plus brillant que les autres, ils z'en fizent. Un perroquet za parle et za parle correctement.

– Dis, Jeanne, elle est pas très gaie ton histoire aujourd'hui.
– Je te le concède mais attends la suite.
– D'accord, mais j'espère que tout finit bien. Après tout, c'est un conte, n'est-ce pas ?
– Exactement. Voici donc la suite du récit de Chapon :

Je me sentais décontenancé face à la situation et j'avais envie de me rendre utile. Je ne pouvais pas m'en aller et abandonner cet oiseau malheureux dans cet état.
– Ecoute, nous, on s'en moque de savoir qu'il faut un langage particulier dans ton monde. Ici, chacun est comme il est. Et puis, je te rassure, tu seras le seul oiseau tropical dans cette forêt. Donc, pas de comparaison possible. Ton accent sera simplement … exotique.
Le cacatoès me regardait et écarquillait les yeux.
– Tu veux dire que ze peux rester parmi vous ?
– T'es d'accord l'Erable ?
En geste d'acquiescement une avalanche de feuilles s'est déversée autour de nous deux.
– Merzi.
J'étais heureux : non seulement, j'avais donné du bonheur autour de moi et en plus, je m'étais fait un copain.

- C'est une fin heureuse, n'est-ce pas ?
- Ouais, j'aime bien.
- Oui, c'est important de ne pas rejeter les personnes ou êtres qui ne seraient pas tout à fait aux normes…

A ce moment, Jeanne se rend compte que le garçon ne l'écoute plus et porte son attention vers la porte de sa chambre. A son tour, elle pivote vers l'entrée et là, elle l'aperçoit.
Dire qu'elle la reconnaît grâce au fauteuil roulant serait déplacé voire grossier. Non, c'est son expression angélique. Elle ne pouvait l'effacer de sa mémoire.
- C'est une belle histoire, Madame.
Tarah regarde Jeanne avec cette grâce et cette bonté naturelle qui caractérisent " les belles personnes ". Jeanne lui sourit sans un mot mais elle ressent à cet instant un échange, une complicité entre elles.
La maman de la petite fille la rejoint.
- Bonjour. Je m'appelle Jeanne.
- Et moi Tarah, répond Tarah sans laisser le temps à sa mère de parler.
- Je suis contente de faire ta connaissance, Tarah.
- Tu racontes souvent des histoires, comme ça ?
- Ça m'arrive oui. Je les écris puis après je trouve un public indulgent.

– Elles sont sympas ses histoires, intervient le jeune malade que chacun semble avoir oublié.
– Est-ce que je pourrais vous écouter moi aussi ? interroge Tarah.
– Tu sais, normalement je donne des cours de lecture chez les enfants qui ont des difficultés. J'aide aussi ce blessé qui doit rester ici jusqu'à la fin du mois, précise Jeanne en se retournant vers le lit.
– Alors, vous pourriez venir à la maison ! hein maman, dis ?
– Mais tu lis très bien et … elle s'interrompt car elle pense avoir pu heurter la sensibilité de l'adolescent.
– J'ai été institutrice, précise Jeanne comme si ce renseignement influencerait la maman de Tarah.
– Je vais réfléchir et on en parle à papa, d'abord.
– Oui évidemment et je suis sûre qu'il va être d'accord, affirme Tarah.
– Allez, viens ma chèrie. Le Pr Richeaux va nous attendre pour ton examen.
– Ça roule… déclare-t-elle avec un rire éclatant, contente de son jeu de mots. A peine partie, Tarah interpelle sa mère de nouveau :
– Maman, on a pas pris son numéro de téléphone... !

- Ah oui, excuse-moi. Je vais lui demander.
Jeanne qui a entendu le signal d'alarme provenant du couloir, tend déjà un bout de papier avec ses coordonnées.
- Merci madame.
- Appelez-moi Jeanne. A bientôt, j'espère. Elle l'espère en effet de tout cœur.

CHAPITRE 25

Sur le tapis du corridor, Taquin veille au retour de sa chère maîtresse. Il ne dort pas, non. Il sait que des événements d'une grande importance se préparent. Depuis plusieurs jours, rien n'est comme avant. Avant quoi ? Il ne peut le décrire, bien sûr. Mais il sent ces choses. L'ambiance dans la maison est différente. Il flotte dans l'air comme une atmosphère confuse de gaieté et de tension. Il voit sa maîtresse partir plus souvent. D'habitude, elle reste dans sa chambre pour travailler, jouer et dessiner. Ceux sont les autres qui viennent. D'ailleurs, ça le dérange un peu Taquin. Mais il s'y fait.

Et aujourd'hui, elle est sortie encore une fois avec sa maman. Tarah n'avait pas d'angoisse particulière. En revanche, sa mère ne l'a même pas caressé avant de franchir le pas de la porte.
Alors, il attend son retour patiemment. Il ne se représente pas le temps qui passe. La notion de durée n'est mesurée qu'au manque ressenti. Manque de caresses " un seul être vous manque… " On a beau être un chat, on n'en est pas moins sensible.
Oui, il se passe quelque chose.
Toujours aux aguets au moindre bruit extérieur, les oreilles se redressent et sa petite frimousse se lève quand une automobile approche. Tant qu'il ne s'agit pas de la bonne voiture, il reste couché, en rond.
L'indépendance des chats, tu parles ! Pour Taquin, pas question de vivre sa vie de chat sans sa jeune Tarah à ses côtés. Il est présent le matin dès que ses jolis yeux s'ouvrent. Il la guette derrière la porte, quand elle se prépare dans la salle de bain avec sa maman. Il se tient près du fauteuil quand elle regarde la télévision. Il s'installe sur le lit d'enfant au milieu des coussins et peluches au moment des leçons à apprendre. Il grandit avec elle jour après jour.

Il vient de changer de stratégie. Il quitte la proximité de la porte d'entrée et monte sur le buffet, son poste d'observation près de la fenêtre. Il peut encore mieux anticiper la venue de sa maîtresse.
Mais où est-elle passée ?
Son regard interrogateur s'impatiente. Aussi immobile qu'un garde du Palais Royal de Buckingham à Londres, il attend.
Il ne paraît pas nerveux. Rien ne bouge : ni dans la maison, ni à l'extérieur. C'est bien ça le problème. Le silence est trop présent car malgré le handicap de Tarah, il y a toujours du bruit entre ces murs par ses cris, ses chants dès qu'elle branche sa chaîne hi-fi. D'ailleurs, Taquin apprécie la musique et aime entendre Tarah chanter devant lui, son public le plus fidèle. Quand les oiseaux gazouillent, ça l'énerve mais quand il s'agit de Tarah, tout va bien.

Ah ! Le son de pneus qui roulent sur les graviers, enfin ! Taquin descend en trois secondes de son perchoir et se remet dans le couloir au seuil de l'entrée, campé sur son postérieur. Il est prêt à l'accueillir. Il va pouvoir lui sauter sur les genoux ! Enfin ! Ça y est, il entend la voix douce de sa maîtresse. Elle arrive, elle revient ! Le bruit de la clé dans la serrure, la porte s'ouvre lentement... Pire que dans un film d'Alfred Hitchcock... Et là, apparaît la mine enjouée de Tarah. Elle entre suivie de sa maman qui pousse le fauteuil. Taquin est déjà sur ses jambes. Elle n'a pas franchi un mètre dans la maison.

- Taquin ! Tu m'attendais, on dirait ! Toi aussi, tu m'as manqué.
Immédiatement Taquin se blottit contre ses mains pour réclamer les caresses tant désirées. Un ronron cajoleur émane de sa petite gueule d'amour. Il va pouvoir maintenant se reposer.
Non, pas encore. Tarah le prend dans ses bras.
- Il faut que je te raconte ma matinée, mon Taquin. J'ai fait quelque chose de nouveau. C'est pas trop facile, tu sais.
- On va bientôt passer à table, mon cœur.
- Je vais dans ma chambre pendant que tu prépares le repas, maman.
- D'accord, mais dès que je t'appelle, tu viens manger.
- Comme d'hab. Allez viens avec moi, Taquin.
Toujours campé sur les genoux de la jeune fille, il ne peut que suivre le mouvement...

Arrivé dans le refuge de Tarah, Taquin change de posture comme pour montrer qu'il est prêt à l'écouter.

- Bon, mon petit Taquin. Tu as dû remarquer que ces derniers temps, certains trucs changent.

Il relève subtilement la tête et semble dire :

- Ah bon, j'avais vu juste alors.

- Ce matin, continue Tarah - je suis retournée à l'hôpital voir M. Richeaux. C'est un docteur. Un docteur qui sait plus de choses que le Dr Mourou. J'en ai l'impression, en tous les cas. Il est gentil, tu sais. Il m'a dit qu'il devait étudier mon dos et mes jambes car il y a plus de machines et plus de gens intelligents dans cet hôpital. Il me l'a même fait visiter. C'est super grand, tu verrais. Je vais y aller plusieurs fois, je pense. Bref, j'ai dû entrer dans un tube pour que le docteur puisse voir à l'intérieur de mon dos. C'était un peu impressionnant mais maman me l'avait un peu expliqué avant. Elle était là, près de moi et j'ai même écouté de la musique pendant que le tube faisait un drôle de bruit. J'ai choisi " Au pays de Candy " et " Candy s'endort " - trop cool ! J'avais pas peur.

Tarah reprend son souffle et poursuit :

– Et puis, il faut aussi que je te dise qui j'ai rencontré avant d'aller dans cette salle avec le gros tube. On passait devant une chambre avec maman et à un moment, j'ai entendu une dame qui racontait une histoire avec un perroquet qui zozotait. C'était assez rigolo. Je me suis arrêtée et j'ai écouté. J'aimais bien la manière dont elle parlait, tout calmement et son histoire était fantastique.
Tarah s'interrompt à nouveau et sourit en repensant à ce moment. Puis reprend :
– Maman a son numéro de téléphone. J'aimerais qu'elle vienne ici pour me raconter aussi de belles choses. Ça me changerait des leçons de maths qui sont si tristes. Alors, tu vois, je pensais aussi à elle dans le tube en écoutant mon disque préféré. Quand j'avais fini, elle était déjà sortie. En tous les cas, je ne l'ai pas revue. J'espère que maman va l'appeler avant que je retourne voir le Dr Richeaux. Il a dit qu'il aura les résultats et plus de renseignements très vite. Il faut aussi que je me mesure toutes les deux semaines pour savoir si je grandis normalement. Bon courage à papa et maman !
– Tarah !
– Oh, oh. Je crois de c'est l'heure du déjeuner. Mon Taquin, tu es trop mignon.

Elle penche son visage près du museau de l'animal. Il lui transmet sans doute sa vivacité. C'est en lui que Tarah puise sa force et ça il le sait, Taquin. Fier, il descend de son coussin humain et la précède vers la cuisine en se dandinant.

Mon chaton,
Fidèle compagnon
Chaque ronron
Est une caresse
Chaque caresse
Est un don

Couché sur le dos, les yeux mi-clos
Tu me tiens chaud
Tu es le réconfort
Mon garde du corps
Un cadeau

Dans ton coussin
En demande de câlins
Espiègle, joueur, malin
Ton regard innocent
Comme un enfant
Sans chagrin

Dormir, dormir
Lentement tu t'étires
Confiant, prêt à partir
Dans tes songes mystérieux
Es-tu heureux ?
Tu soupires...

Boule de poil
Dans ton univers animal
Qui n'a de rival
Que la bêtise humaine
Avec sa folie et sa haine
Bestiales

Toujours sincère
Tu ne connais la colère
Que face à tes pairs
Et tes griffes d'amour
M'effleurent jour après jour
Si légères

Mon chat, mon roi
Je veille sur toi
Toujours là pour moi
Tu m'aimes
Et je t'aime
C'est comme chat*

* " Chat, chat…chat "

CHAPITRE 26

- Allo ?
- Oui, bonsoir Madame, ici le Pr Richeaux. Je ne vous dérange pas ?
- Bonsoir Professeur. Y a-t-il un problème avec l'IRM de Tarah ?
- Je m'excuse de vous appeler si tard mais je viens de recevoir les résultats et je voulais vous en parler.
- Que se passe-t-il Professeur ?

L'intonation de la voix de la mère de Tarah suggère l'angoisse permanente qu'elle ressent face aux circonstances. Elle ne veut pas de faux espoirs mais espère néanmoins. Paradoxe de l'être humain.

Enfin le Pr Richeaux reprend le dialogue :
- Aux vues de ces premiers bilans, il semblerait que la moelle épinière ne soit pas sectionnée. C'est une bonne nouvelle.
La mère de Tarah soupire dans le récepteur mais garde le silence. Elle anticipe les précautions du chirurgien quant aux chances de guérison.
- Il faut rester malgré tout vigilant. Il se peut qu'une partie même minime soit endommagée ainsi que certains nerfs. Et à ce stade, nous ne pouvons pas encore le détecter. Comme je vous l'ai expliqué, il faut aussi tenir compte de la croissance de Tarah et ce travail va, par conséquent, évoluer sur du long terme.
- Pour l'instant, nous devons attendre. C'est ça Professeur ?
- Oui, mais je tenais à vous informer de ce fait établi : l'état de sa moelle épinière est satisfaisant à ce stade des examens. Je vous rappelle aussi que ses facultés rénales ne sont pas atteintes puisqu'elle vous appelle si besoin. Les muscles et nerfs de cette partie de son corps fonctionnent donc. C'est indubitablement un élément crucial.
- Alors, quand doit-on vous revoir ?
- Nous ferons un nouveau bilan dans trois mois. Pendant ce temps, observez sa

croissance et notez la progression. N'hésitez pas à m'appeler si vous en éprouvez la nécessité, madame.
- Merci encore Professeur pour votre soutien.
- Je vous en prie, très bonne soirée …et transmettez mon bonjour à Tarah, s'il vous plait.
- Je n'y manquerai pas. Elle vous apprécie, vous savez Professeur.
- Moi aussi.

Elle raccroche lentement le combiné. Elle a envie de pleurer mais ne peut dire quelle en est la cause réelle. Elle attendait ces nouvelles avec tant d'impatience. Le Professeur Richeaux lui a bien expliqué pourtant que ce n'est qu'une première étape. Elle ne pouvait cependant s'empêcher de croire à l'importance de cet examen. Tarah n'a jamais douté et a sans cesse gardé son optimisme. Elle avait raison, cette petite fille du haut de ses sept ans et demi.

- Chérie, qui a téléphoné ?
- Oh, chéri. C'était le Pr Richeaux et il a …
Elle ne peut poursuivre et éclate en sanglots. Très vite, elle essaye de se ressaisir. Elle ne veut pas effrayer son

mari. Même s'il le dissimule au mieux, le sort de Tarah le préoccupe tout autant. Elle lui relate donc la conversation avec le chirurgien. Sans dire un mot, il prend son épouse dans ses bras et la serre contre lui. Lui aussi connaît l'aspect primordial de la situation. Une larme coule le long de sa joue – « sa fille, sa Princesse ».
Tarah dort déjà à cette heure avancée de la soirée. Demain, ils pourront lui parler et ne rien lui cacher. De toute manière, Tarah devinera s'ils ne lui disent pas l'entière vérité. Sa sensibilité la guidera comme toujours.

CHAPITRE 27

Installée sur le transat de sa terrasse face au soleil, Jeanne somnole, le crayon par miracle encore dans sa main et son cahier ouvert sur elle. La chaleur de l'astre solaire en ce doux après-midi de Mai l'a plongée dans le monde de Morphée.
Va-t-elle y puiser son inspiration pour une nouvelle histoire ? Réponse au réveil.
Pourtant, elle devrait se mettre au travail.
Depuis que la mère de Tarah l'a contactée, ses récits sont devenus prioritaires. Son jeune blessé a pu rentrer chez lui, non mécontent de quitter l'hôpital. Elle lui donne encore des cours de soutien scolaire mais à domicile et une

seule fois par semaine. Il a pris goût à la lecture et a progressé très rapidement. Jeanne est très fière de lui. Il a été courageux pendant ces journées, immobilisé dans son lit et à sa sortie, il avait hâte de retourner à l'école ...pour voir ses copains entre autres. Un enfant reste un enfant et fort heureusement.
Maintenant, elle a pour mission de renouveler ses contes pour lui et pour Tarah. Dans quelle aventure s'est-elle donc encore embarquée ?
Pendant leur dernière entrevue, Tarah a dessiné les différents personnages, un croquis pour chacun et lui a donné l'un d'eux. Jeanne a été très touchée. Jeanne connaît un de ses désirs : nager avec les dauphins, alors elle a décidé que sa prochaine histoire aurait comme héros un dauphin au milieu de l'océan. Enfin pour l'instant, c'est Jeanne qui est dans les profondeurs de la mer et du sommeil.

L'ancienne institutrice a également fait la connaissance de Taquin qui l'a adoptée tout de suite. Normal, elle aime les animaux, même les vrais et Taquin ne s'y est pas trompé. Il a testé ses genoux. Comme ils étaient confortables, il y a pris place. Tarah a beaucoup ri du jeu de Taquin car il s'amusait aussi à attraper les

mains de Jeanne quand elle racontait les péripéties de Chapon, en mimant chaque expression de l'écureuil.
Lentement, Jeanne ouvre les paupières.
« Oups ! je crois que je me suis assoupie. » pense-t-elle. Son cerveau se remémore peu à peu la raison de la présence d'un stylo et du cahier.
« Ah oui, le dauphin pour Tarah. »
L'inspiration sera-t-elle au rendez-vous après ce moment d'égarement ? Elle entend les oiseaux, le bruissement des feuilles dans les arbres, agitées par une gracieuse brise.
Elle commence à écrire…

La sonnette de la porte retentit.
– Ah ça doit être Jeanne ! crie Tarah de sa chambre - Ouvre vite maman !
– J'y vais, j'y vais, mon cœur.
Elle ne sait pas quel lien unit si fort sa fille à la bénévole mais il est indiscutable que cette retraitée ravit Tarah à chaque rencontre.
– Bonjour Jeanne. Tarah vous attend, vous savez.
– Bonjour Madame. Moi aussi, je suis heureuse de venir la voir.
– Jeanne ?!
– Je suis là !

Tarah sort de sa chambre et approche son fauteuil roulant du salon.
- Ça fait plaisir de te voir Jeanne.
- A moi aussi, répond-t-elle en se penchant pour déposer un baiser sur son front.
- On va dans ma chambre, on sera plus tranquilles.
La mère de Tarah hausse les sourcils - Tarah et son monde secret. Elle accepte de le partager avec Jeanne mais jamais avec ses parents. Serait-ce plus facile ?
- Je te suis Tarah. Taquin est là aussi ?
- Oh, il est déjà installé, répond la fillette.
« Bien sûr, pense Jeanne - Ces deux-là sont si complices. »
Arrivée dans la chambre, Jeanne prend un paquet de son sac.
- C'est pour toi, Tarah.
- Oh, c'est gentil. C'est quoi ?
- Ouvre, tu verras.
- Un dauphin en peluche ! Il est beau. Oh merci Jeanne !
Tarah tend les bras pour exprimer sa joie et son envie d'embrasser Jeanne. Après ce tendre remerciement, l'ancienne institutrice explique à Tarah.
- Ce dauphin a une histoire. Une histoire vraie.
La jeune fille écarquille les yeux de surprise. Elle est toute ouïe.

– Tu sais, la vie peut être bien étrange. Nous vivons dans notre ville, sans vraiment rien connaître autour de nous. Il existe des individus dans ce monde qui luttent pour ceux qu'ils aiment. Pourtant, la société les rejette parce qu'ils sont différents de nous. Leur couleur, leur accent, leurs idées donnent le droit à certains de les mépriser alors qu'ils possèdent parfois plus de cœur que quelques-uns d'entre nous.
Tarah est concentrée. Jeanne continue :
– Un jour, il y a très longtemps, j'ai eu la chance de rencontrer un de ces hommes dont la vie ne représente qu'obstacles ou malheurs. Mais malgré tout cela, son visage avait gardé le sourire. Un sourire vrai et bon comme on n'en voit peu. Cet homme s'appelait Anzo et était vêtu uniquement d'un pantalon de toile. Il portait un sac avec un dauphin bleu dedans. Il m'a raconté son mariage à vingt ans, très jeune – trop jeune peut-être pour un homme qui avait soif de liberté. Il a eu deux enfants : une fille et un garçon. Son fils était dur comme lui. Il avait ses traits, sa force, son cœur, son sang. Sa fille était plus fragile. Il avait tatoué son prénom sur son bras gauche. Mais pendant plusieurs semaines il ne pourrait pas les voir, car il était contraint

de s'éloigner d'eux. La séparation d'avec ses enfants l'effrayait. Avant de partir et de se rendre là où on l'attendait, il m'a tendu son dauphin bleu. Ce présent pouvait paraître naïf de la part d'un homme d'une trentaine d'années mais pour moi c'était beaucoup. En me l'offrant, il m'a dit qu'il l'aimait plus que lui-même. Je ne pouvais pas refuser. Je n'ai pas revu Anzo toutefois à partir de ce moment, il n'a plus jamais été seul car je souris souvent à ce dauphin bleu qui ne m'a pas quittée depuis. Aujourd'hui, je te le donne. Tu continueras à penser à Anzo et surtout aux personnes différentes qui méritent aussi toute notre estime.
Tarah reste tout d'abord sans voix, perplexe sans doute.
- Je vais en prendre soin tous les jours… C'est comme pour ton perroquet qui zozotait, précise Tarah.
- Exactement.
« Toi aussi, tu es différente. Ne tolère aucune critique facile, pense Jeanne - Surtout ne change rien, reste fidèle à cette magie que tu as en toi dans cette chaise ou pas. »

Jeanne souhaite profondément que Tarah retrouve l'usage de ses jambes même si elle a conscience des épreuves encore à surmonter. Elle sait également que les progrès de la médecine et le temps n'altéreront pas l'âme de cet enfant.

CHAPITRE 28

Le progrès : fierté de l'espèce humaine, distinction entre l'Homme et l'animal. Avec ses dérives perverses, de poursuite en avant vers une société de consommation toujours plus avide, le progrès effraie parfois. Cependant, le Professeur Richeaux ne peut nier les facettes primordiales du progrès en médecine. Grâce à la recherche en perpétuel développement, des vies ont été sauvées. La fatalité n'est plus un terme omniprésent dans la sphère médicale. Les vaccins découverts, les transplantations, les greffes de plus en plus perfectionnées transforment notre

existence. Même si la face cachée de ces expériences peut prendre des aspects de compétition parfois commerciale par la folie de l'Homme, le Pr Richeaux veut croire désormais aux bienfaits de sa déontologie et servir son prochain par ces avancées. Les techniques modernes permettent de découvrir une tumeur, une infection de manière précise en localisant le foyer d'origine et de la sorte le maîtriser.
L'imagerie transperce véritablement le corps, vaisseau après vaisseau, cellule après cellule, nerf après nerf. Chaque partie est observée au millimètre près par ces ordinateurs sophistiqués déployant un monde immense et complexe sous notre peau. Telle la jungle avec un feuillage dense et touffu, mille sentiers où les insectes et les oiseaux vivent en harmonie ; il faut éviter les intrus qui détruisent l'écosystème.
Ces intrus sont souvent représentés par les humains dans la nature. Mais Dame Nature se venge quand elle se transforme en maladie et s'introduit insidieusement sous notre paroi cutanée. Pour se défendre et connaître son ennemi, des armes sont alors construites.
L'ennemi de Tarah aujourd'hui, c'est la paralysie définitive éventuelle. Pour la

vaincre, il va falloir détecter le moindre indice d'espoir. Pour cela, chaque visite à l'hôpital avec les examens engendrés est déterminante. Mais rien ne sert de lutter si le combat est truqué. Véritable duel de titans comme deux joueurs de tennis qui s'affrontent, la balle change de camp. Va et vient entre espérance et acharnement : la maladie peut jouer un rôle mesquin, insidieux.

Pour gagner ce bras de fer terrible, la science seule ne suffit pas. La force morale de chaque être détermine sa volonté à poursuivre la lutte.

Tarah exprime sa volonté de guérir. Paradoxalement, elle aide parfois les infirmières. Comment ne pas avoir la foi et croire en son métier quand une petite fille vous dit ? :

- Moi, je sais que derrière les nuages, se cache toujours l'arc-en-ciel.

Lorsque le Pr Richeaux a entendu Tarah évoquer ces mots à l'infirmière de garde, lors du dernier IRM, il en a eu le souffle coupé. Il n'a même pas osé entrer dans la chambre de Tarah et briser cet instant si fort. L'infirmière a pris la main de Tarah et l'a embrassée en silence - par respect, par reconnaissance.

Le chemin vers la guérison n'est pas simple. Il y a toujours un soupçon de magie et de rêve en médecine pour guérir. La motivation du malade et le dynamisme des soignants s'harmonisent et forment un blocus, un rempart face aux attaques du corps humain.
Les infirmières parlent toujours des patients et de leur vécu en utilisant le "on", à l'instar d'une équipe. Elles s'unissent à eux. Leur corrélation, leur conviction réciproque emportent les soignants et les soignés vers un même horizon.

– Professeur Richeaux ?
– Euh… oui ? Le Pr Richeaux se retourne, interrompu dans ses réflexions et surpris par cette interpellation.
– Que se passe-t-il ? interroge-t-il
– Rien de grave, rassurez-vous, intervient l'infirmière avant d'enchaîner - Vous êtes invité en salle de repos. Aujourd'hui c'est l'anniversaire d'Eric et on lui a préparé une petite fête.
« Eric : le seul infirmier parmi toutes ces femmes. Pauvre et heureux homme ! » pense en souriant le Pr Richeaux.
– Ah oui ? C'est sympathique de votre part. Je viens tout de suite, le temps

de terminer un peu de paperasseries administratives.
- D'accord, mais ne tardez pas trop. Il a fini sa garde et nous ne voulons pas le retenir trop longtemps. C'est juste pour la surprise.
- Très bien, dans ces conditions j'arrive immédiatement.
- On vous attend, Professeur.
Quelques minutes plus tard, le Pr Richeaux se dirige vers la salle de repos située au troisième étage. En sortant de l'ascenseur, il entend déjà les rires émanant de la pièce. Il s'approche et ouvre la porte. Il reste un moment sur le seuil, éberlué par ce qu'il voit en face de lui. Eric, bandeau sur les yeux, est contraint de se déshabiller pour porter un collant et une robe rose bonbon de surcroît. Les " gentilles " infirmières hilares autour de lui l'aident bien évidemment. Eric se prête au jeu et n'oppose pas de résistance. Il a l'air même de beaucoup apprécier l'essayage…
- Oh ! Professeur Richeaux ! Vous arrivez à temps pour prendre la photo !
Une infirmière s'empresse auprès du professeur en lui tendant l'appareil.
- Bon, alors je vais prendre d'abord notre nouvelle recrue seule, puis après avec

vous toutes. Enlevez-lui son bandeau, c'est parti.
– C'est parti ! répète en s'esclaffant l'infirmière venue l'inviter.

En appuyant sur le déclencheur, il regarde cet homme et ces femmes qui comme lui croient en la force de guérir. La compassion pour les malades autour d'eux n'exclut pas le rire. Au contraire, ces écarts de conduite les aident à rendre plus légère l'attention permanente auprès de chacun à l'hôpital, sans altérer leur sens moral et leur vocation. Jour après jour, ces personnes mènent leurs semblables vers un univers plus clément et joyeux. Tout au moins ils essayent de les y amener.
Et comme l'a exprimé un jour l'une d'entre elles : « Rire est peut-être une autre façon de pleurer. »

CHAPITRE 29

Anzo... les yeux dans le vague, Jeanne revoit le regard franc de cet homme extraordinaire, au premier sens du mot. Oui, il n'était pas ordinaire, confondu dans cette foule. Mais au contraire unique, hors du commun et le restera pour elle. Elle ne l'a connu qu'une après-midi. Il lui a parlé de son passé en toute simplicité comme si une amitié les liait depuis vingt ans. Assis sur un banc en bois peu confortable du reste, Jeanne l'écoutait. Elle était, elle-même si jeune et ne connaissait encore rien à l'existence. Mariée depuis peu, tous ses rêves paraissaient encore accessibles. Alors quand Anzo lui a expliqué sa vie avec ses douleurs, ses blessures et parfois ses stupidités, elle a mûri en une demi-journée. Ce qu'elle n'a pas voulu dire à Tarah, c'est que la fille d'Anzo était fragile et avait besoin de dons de sang réguliers. Pour essayer de l'aider, il voulait lui offrir un cadeau. Sans un sou, l'idée peu ingénieuse (il l'avouait) lui est venue de se procurer un peu d'argent, de façon ... irrégulière. Et son absence à venir s'avérait être en réalité un séjour payé aux frais de l'Etat français dans un centre pénitencier. Sa seule souffrance représentait la distance qui allait s'installer entre lui et ses "mômes". Distance géographique exclusivement car dans son cœur l'amour envers sa fille et son fils ne le quitterait jamais.

La retraitée ne s'explique toujours pas pourquoi Anzo lui a remis ce dauphin bleu auquel il tenait précieusement. Elle l'a reçu comme un don de lui à l'image du sang qu'il donnait à sa fille pour qu'elle vive et joue normalement. Malgré sa jeunesse, Jeanne a su identifier en cet homme le message de tolérance que ce véritable échange signifiait. Elle ne le jugeait pas. Comment aurait-elle pu ? De quel droit ? Les marginaux de cette

société méritent notre respect car qui sait ce que demain nous obligera à faire pour un être cher en danger, en désarroi ?
Les occupants des prisons ne sont pas tous des assassins. Certains possèdent plus de sens moral et d'honneur que leurs compatriotes libres de leurs gestes.

Alors, c'est vrai, à partir de ce jour, Jeanne s'est promis de ne jamais porter un regard inquisiteur hâtif face à ses contemporains et même ses ancêtres.

Les souvenirs remontent à la surface. De Anzo, Jeanne repense à présent à ses parents. Leur propre histoire d'amour reflète l'espoir qui peut subsister même en des temps bouleversés où chacun ne sait plus où se trouve sa place. Ils se sont aimés pour la première fois en 1915, elle, française de bonne famille bourgeoise et lui, allemand venu étudier les Arts à Paris, à dix-neuf ans à peine. Pas vraiment l'époque idéale pour une idylle toutefois " le cœur a ses raisons... ". On connaît la suite. Eh oui, la suite, elle est là sur son sofa en cuir à s'émouvoir quand les images de son enfance reviennent une à une. Mais quelques décennies après leur coup de foudre, ses parents ont dû à nouveau affronter

de multiples épreuves : un nouveau conflit international, et surtout l'opinion publique autour d'eux.
Le cauchemar perdurait.
Une Française et un " Bosch " unis et qui plus est, amoureux ! Quel rôle jouaient-ils ? De quel côté étaient –ils : la France de Pétain avec l'alliance allemande, ou résistants ? Mais alors qui était le traître ?

Jeanne se remémore les paroles de sa mère prononcées un soir d'orage, peu après la disparation de son époux tant aimé :
– Tu sais, ma chérie, tous les Allemands ne faisaient pas le signe de main emblématique du troisième Reich et Hitler par conviction. Ton père faisait partie de ces hommes pour qui le devoir et la conscience l'ont dévié de ses obligations nationalistes. En ce temps-là, l'obéissance était une question de survie et la désobéissance une question d'honneur. La peur voire la terreur a conduit des âmes humaines à se perdre. Mais tu peux être fière du sang paternel qui coule dans tes veines. Combattant de l'injustice, ton père a su trouver son chemin parmi les eaux troubles, au prix de risques et d'affronts face à ses compatriotes. Il a choisi la liberté et

surtout a su pardonner. Nous avons toujours considéré chacun comme un semblable. Nous avions des amis juifs. Pourquoi les renier quelques mois après ? Parce qu'un homme à moustache nous le demandait ? Sous quel prétexte ? Ces personnes que nous côtoyions, n'avaient pas hésité à nous aider lorsque nous avions aménagés dans notre second appartement après ta venue au monde. Leur gentillesse, leur bonté n'étaient en aucun cas un simulacre. Le hasard avait mis leur destin sur notre route et en dépit des ravins, des bas-côtés, des sentiers embusqués, nous avions décidé de continuer notre route ensemble. Ça n'a pas toujours été facile, ça c'est sûr. Les premières années de la guerre 39-45 se sont avérées terribles car le pouvoir germanique était à son apogée. Ton père se protégeait face à cet engouement dans son pays natal. Il a été épaulé par un de ses cousins, gardien malgré lui d'un camp de prisonniers français, qui essayait de donner un peu de réconfort aux détenus en les distrayant pour les empêcher de devenir fous. La frontière entre le Mal et le Bien paraissait bien floue par moment. C'est pour ça, Jeanne que je veux te dire ceci : les apparences ne sont pas toujours le reflet de la vérité. Ne te perds pas dans cet engrenage de l'illusion. Ralf était un bon père, ça tu le sais mais c'était aussi un homme courageux qui a su braver la facilité pour notre survie.

Jeanne reste pensive à ces mots troublants. Ses parents se confiaient rarement sur ces années sombres. Jeanne avait secrètement envisagé que leur position avait pu être ambiguë par leurs origines respectives mais se défendait de porter un jugement. Pendant son adolescence, elle avait bien eu quelques rebellions mais son père l'avait stoppée net en affirmant :
– Arrête Jeanne, tu ne sais pas ce qu'est le véritable engagement.
Elle n'avait pas saisi le sens profond de ce terme aux yeux de son père. Elle l'a compris bien des années après, grâce à sa mère.

A son tour, elle transmet ce message " peu importe d'où l'on vient, l'important c'est ce que l'on devient " ; comme si l'union de ses parents avait été le déclencheur de la destinée de Jeanne face aux autres : sa rencontre avec Anzo et maintenant Tarah.

Hommes, femmes de l'ombre
Cachés, souvent traqués,
Portant le fardeau du secret
Sur des épaules si fines,
Ou sur des visages sombres.
Peur de franchir la ligne,
La frontière de ces effroyables jardins,
Où les pissenlits et les marguerites
Fleurissent sur le même terrain,
Et se côtoient les amis de Jean Moulin,
Aux accents parfois germaniques.
Face au guide et sa cause suprême,
Illusion, désillusion de ces soldats
De ces âmes en peine,
Qui livrent l'autre combat.
Et jamais les manteaux noirs
Ne pourront tuer l'espoir.
Les Etoiles jaunes éternellement,
Brilleront au firmament. *

* " Jardins secrets d'Allemagne "

CHAPITRE 30

Ce soir Taquin a décidé de faire sa parade pour amuser ses maîtres. Muni d'une boule de papier aluminium accrochée à un morceau de ficelle, Tarah lui balance cette balle improvisée et défit le petit fauve de l'attraper. Chaque coup de patte a pour but unique de saisir l'objet et enfin pouvoir jouer avec. Campé sur ses deux pattes arrière, Taquin met toute sa vigueur dans cet exercice, à la plus grande joie de la fillette et de ses parents. Il saute de plus belle à chaque nouvelle tentative. Têtu comme un chat ! Puis il change de stratégie : puisqu'il ne peut saisir cette balle, il va attendre qu'elle

vienne à lui. Il s'allonge sur le sol et en profite pour reprendre son souffle mais l'œil toujours aux aguets scrutant la main de sa maîtresse. Tarah pose alors la boule en aluminium sur la table de la cuisine. D'un bond, Taquin saute sur le meuble pour la saisir mais sa maîtresse tenant toujours la ficelle, la balance à nouveau au sol. Taquin vif comme l'éclair redescend et se précipite sur son jouet inaccessible. Et Tarah va le faire monter et descendre ainsi durant cinq essais : une fois sur la table, une fois au sol. Pauvre Taquin ! Il devient chèvre ! Et Tarah s'esclaffe de voir l'acharnement de cet être de poils. Lassé par l'espoir perdu de gagner la partie, Taquin cesse de s'agiter. La tête basse, vexé, il retourne dans son panier et se met en boule. Quand Tarah tente de le cajoler, il miaule de mécontentement.
« Et en plus, elle essaye de se faire pardonner, trop facile ! »

La sensibilité des chats : tout un programme !
Il a compris que ce soir, il fallait distraire Tarah. Après une demi-heure de trêve, le voilà derechef en piste. Cette fois, c'est une mouche qui attire son attention. L'insecte n'a aucune chance face à ce

prédateur. Taquin d'un geste alerte, bloque sa proie avec sa patte avant et ses griffes. Il la saisit et l'avale - Fin de l'histoire.
Avec Taquin, pas besoin de tapette !
Tarah qui a assisté à la scène reste médusée par l'agilité de son animal.
Taquin profite alors de ce moment pour enfin se procurer la balle tant convoitée plusieurs minutes auparavant. Et c'est parti pour une séance de foot-solo ! Il fait avancer la balle avec ses pattes et se lance à sa poursuite, provocant parfois des dérapages sur le carrelage de la maison.
Il veut démontrer à sa maîtresse que la persévérance et la patience gagnent toujours.

Les humains devraient observer les félins domestiques plus souvent. L'amour qu'ils nous portent est à l'image de leur obstination : sincère et tenace.

Taquin après avoir couru dans tout le salon s'arrête, épuisé. Il vient chercher le repos auprès de Tarah, en s'installant sur ses genoux, son endroit favori.
Il transmet toute sa puissance et ses ondes positives à cette partie du corps inerte de la jeune fille.

Et aujourd'hui, elle ressent le besoin de cette union entre eux.
Elle a ri non pas de lui mais avec lui. Les sentiments entre Taquin et Tarah ne peuvent se décrire. Les yeux de Taquin et le regard de Tarah expriment un langage similaire : l'innocence ; mais pas l'insouciance.
Taquin comme Tarah savent que la journée du lendemain représente encore une étape.
Les derniers résultats ont été dévoilés et le Pr Richeaux veut s'entretenir avec Tarah et sa maman à l'hôpital.
Taquin sera là aussi, à travers elle.

CHAPITRE 31

Le soleil pointe le bout de son " faciès " écarlate préconisant une belle journée en ce début d'Octobre. Les arbres commencent à peine à se dénuder, feuille à feuille lentement. Ils ne semblent pas pressés d'affronter les mois d'hiver. Le Dr Mourou et le Pr Richeaux boivent leurs cafés dans le bureau du neuro-chirurgien. Les minutes s'écoulent au ralenti, au rythme de leurs gorgées. Chacune comme une dégustation du délicieux arôme, s'oppose à la journée qui s'annonce. Les deux hommes aux gestes précis se regardent sans se parler. Le silence se fait presque solennel. La lumière du jour qui se lève, s'infiltre au travers des branches des marronniers et des chênes. L'un et l'autre observent cette beauté naturelle à travers les vitres. Il fait onze degrés dehors mais la température va augmenter pour atteindre une douce vingtaine en début d'après-midi.

Le premier à rompre le silence est le Dr Mourou. C'est lui l'invité après tout.

- Comment te sens-tu Pierre ?
- J'avoue être anxieux. Tu avais raison pour cette petite. Elle est tellement enthousiaste et courageuse que j'aimerais absolument réussir.
- Qu'as-tu dit à ses parents ?
- Dans ces cas-là, je préfère m'abstenir de donner un quelconque espoir. La chirurgie a fait d'énormes progrès et si je tente cette opération, c'est que j'estime que cela en vaut la peine bien sûr. Mais le succès n'est jamais garanti à cent pour cent. Tu le sais autant que moi Robert.
- Ses parents possèdent également une grande force morale car accepter cette opération n'a pas dû être simple.
- Je leur ai expliqué pourquoi j'allais opérer leur fille et comment j'allais procéder. Les nerfs touchés dans le plexus sacré de Tarah dont le nerf tibial et

le nerf fibulaire commun, déterminent directement le processus de motricité ou non des membres inférieurs. Grâce à la microchirurgie, je devrais pouvoir rétablir le fonctionnement de ces nerfs avec les rameaux musculaires concernés. Heureusement on a pu observer par la dernière IRM que la base du nerf sciatique n'a pas été lésée. J'attendais cet élément avant de tenter une intervention chirurgicale en localisant de façon précise les lésions.

– Tu vas utiliser la colle biologique ?

– Oui, elle permet de mieux fixer les axones*. Les dernières recherches l'ont encore démontré. Je travaille dans ce domaine depuis des années et la microchirurgie a beaucoup évolué en dix ans.

– Et pour la greffe de cellules, qu'en est-il ?

– Des expériences ont été effectuées sur les rats et même récemment sur les cochons qui possèdent une anatomie de la moelle épinière similaire à celle de l'Homme…

* les nerfs sont constitués de faisceaux d'axones : longs prolongements fibreux par lesquels l'information passe d'un neurone à l'autre.

...La greffe de cellules neurales directement dans la moelle épinière devraient entraîner un rétablissement progressif de la motricité chez un être humain. Cela représenterait une avancée considérable dans les cas de paraplégie. Les études les plus récentes proviennent des Etats-Unis.

Après une pause, le Pr Richeaux reprend :
- La moelle épinière de Tarah est intacte. C'est un facteur déterminant. Le fait de ressouder ses nerfs devrait être suffisant.
- Elle devra suivre une rééducation par la suite, pendant combien de temps ? interroge le Dr Mourou.
- Oh, ce sera un peu long mais je fais confiance à la joie de vivre de Tarah, Robert.
Et pour la première fois depuis leur entretien, un sourire apparaît sur les lèvres du professeur.

Puis, il poursuit :
- Ses muscles striés** ne possèdent plus

** muscles striés : muscles directement impliqués dans la locomotion. Le corps humain en compte 640 soit cinquante pour cent de sa masse.

aucun tonus et donc ne pourront obéir aux ordres de son cerveau. Après l'opération, Tarah devra suivre des séances de kinésithérapie sur plusieurs mois. Je vais la préparer avec ses parents à cette épreuve. L'action thérapeutique ne pourra vraiment réussir que si son physique mais aussi son psychisme sont disposés à ces interventions. Encore une fois, Tarah a tellement d'énergie intérieure que je suis plutôt optimiste sur ce point. En attendant il faut pratiquer cette opération aujourd'hui.

Les traits du chirurgien se sont durcis et son visage s'est refermé. L'heure est à la concentration.
– Je vais te laisser Pierre. Je vais voir Tarah et accueillir ses parents. J'attendrai avec eux. Ils ne devraient plus tarder.
– Merci Robert. J'aimerais les saluer avant l'opération.
– Je te préviens dès qu'ils arrivent.

Le Docteur Mourou quitte la pièce et se dirige vers le hall de l'hôpital.

Pendant un bref moment, le chirurgien retourne vers la fenêtre et laisse s'évader son esprit en pensant à la mer et son bateau. L'image d'immensité face à cette étendue d'eau autour de lui, seul sur son catamaran, l'apaise. Le calme de la mer - le recueillement - la sérénité ressentie. Il est prêt.

A cet instant, les parents de Tarah franchissent l'entrée de l'établissement. Il est 7 heures 30. Tarah quant à elle, a été admise la veille pour la préparer. Sa mère est restée une partie de la nuit avec elle. Une fois la chair de sa chair endormie, elle a rejoint son mari à la maison pour se reposer un peu.
- Bonjour Dr Mourou.
Le père de Tarah ne peut qu'incliner la tête. Il ne peut parler, la gorge trop serrée par l'enjeu de la situation.
- Le Pr Richeaux voudrait vous saluer.
- C'est gentil à lui. On va l'attendre là mais sincèrement, nous voudrions voir Tarah très vite.
- Bien sûr, je vais le chercher et il vous accompagnera à la chambre de Tarah, je pense.
- Très bien, à tout de suite Docteur, répond la mère de Tarah dont l'émotion est palpable.
Le destin de sa fille est entre les mains d'un homme.
Cinq minutes se sont écoulées quand elle aperçoit le Pr Richeaux qui s'avance. Son

expression à la fois grave mais détendue provoque en elle une onde de chaleur qu'elle ne saurait décrire.
– Bonjour Professeur.
Le père de Tarah n'a toujours pas prononcé un mot.
Tout en les dirigeant vers les couloirs de l'hôpital pour prendre l'ascenseur les conduisant à l'étage des chambres, le professeur leur expose les différentes étapes de la journée.
– L'opération devrait se dérouler sur trois ou quatre heures. Tarah va descendre au bloc opératoire vers 13 heures environ. Mon équipe va tout faire pour la rassurer d'ici là, mais comme d'habitude, depuis hier elle a fait preuve de beaucoup de maturité. Vous pouvez rester avec elle pendant quarante-cinq minutes environ. Voilà, nous sommes arrivés.
Le chirurgien frappe et ouvre la porte.
– Comment vas-tu jolie demoiselle ?
– J'ai bien dormi. Mais Taquin m'a manqué, docteur.
Puis apercevant ses parents, Tarah s'exclame :
– Maman ! Papa !
– Ma chérie.
Sa mère se penche tendrement pour l'embrasser.

Son père dénoue enfin le nœud dans sa gorge et s'adresse à sa fille en lui souriant :
- Ma Princesse. Tu vas bientôt le revoir ton Taquin de chat.
- Oh, je sais. Il veille sur mes peluches et mes jouets en attendant.
- Exactement, on lui a confié la maison.
- Je vais vous quitter maintenant. Je vous revoie en fin d'après-midi, intervient le Pr Richeaux.
- Au revoir Professeur. A tout à l'heure, répond la mère de Tarah non sans une pointe d'anxiété dans la voix.

CHAPITRE 32

Jeanne tire sur le fil nerveusement. Elle essaye de recoudre cette veste dont la doublure s'est déchirée mais ses doigts ne cessent de trembler. Elle n'a pas la patience ce matin pour la couture. Elle désirait se changer les idées. Elle ne peut lire. La télévision lui tape sur le système avec ces émissions plus provocatrices les unes que les autres où tous les sujets sont débattus mais rien n'est sérieusement analysé. Vraiment où est la culture ?
Non, décidemment, elle ne peut occulter son appréhension pour Tarah. Pourtant, elle lui a promis de lui écrire une nouvelle histoire inspirée par son imagination, dès

le lendemain de l'opération, c'est-à-dire dans un jour.
Lors de sa visite hier, Tarah venait d'arriver à l'hôpital avec ses parents pour y passer une nuit avant le jour J. Il était à peine 18 heures et les aides-soignantes servaient le repas. Maigre festin pour Tarah et la jeune fille n'avait guère apprécié ce régime forcé.
- Pourquoi, moi, je peux pas manger normalement ? C'est pas juste !
- Ton estomac ne doit pas être trop rempli pour demain. Sinon le Pr Richeaux ne pourra pas te soigner, avait répondu sa mère.
- Mais je vais dormir entre temps, avait riposté Tarah.
- Ça ne change rien. Tu sais que tu dois être raisonnable, avait renchéri son père.
Tarah avait jeté vers lui un regard rempli de reproches. L'arrivée de Jeanne avait permis de détourner la conversation.
- Jeanne ! super que tu sois venue !
- Je voulais te voir un peu ce soir. Et te dire que je prépare un nouveau conte rien que pour toi.
- Chouette ! Tu me le liras … pas demain je pourrais pas, mais Jeudi ?
- Eh bien, il faut que je me dépêche alors si je veux être prête !

Jeanne était consciente de l'attente de la jeune malade.

Maintenant, elle n'a plus le choix. Elle doit tenir parole mais aucune phrase ne sort du stylo. La page blanche reste là sur le meuble. Rien ne la remplit. Comment trouver les éléments nécessaires pour construire un nouveau récit et ne pas décevoir Tarah ?
Dans tous les cas, ce n'est pas la couture qui l'aidera apparemment.
Elle n'a pas souhaité aller à l'hôpital dans la matinée car elle estime que seule la famille proche possède ce droit. Néanmoins, elle y est en pensées profondes. Elle connaît les détails et les conséquences engendrées par les changements possibles suite à cette intervention.
Tarah pourrait réaliser son rêve et nager avec les dauphins. Jeanne s'est faite une promesse secrète, qu'elle n'a même pas dévoilée à la fillette. Si Tarah peut remarcher, elle pourra donc nager. Jeanne désire concrétiser ce souhait et organiser ce voyage pour qu'il devienne réalité. Par superstition, elle n'a entrepris encore aucune démarche mais sait où s'adresser le moment venu.

Elle n'en a pas parlé à ses parents, non plus. Elle ne veut pas s'immiscer dans leur vie privée mais Tarah représente plus qu'une élève à ses yeux. Ils ont dû le percevoir. Leur attachement est réciproque.
Elle leur a demandé la permission ainsi qu'aux médecins de venir dans l'après-midi pour avoir des nouvelles. En attendant, les minutes paraissent des heures et rien ne la détend.
Jeanne n'est pas vraiment croyante mais si Dieu existe et s'il pouvait se trouver dans les parages, une petite prière ne serait pas de trop. Alors, elle s'agenouille, ferme les yeux et se lance :
« Seigneur, je ne te sollicite pas souvent, même jamais. C'est que je ne sais pas s'il y a vraiment un répondant à ces prières. Mais là, c'est plus qu'important. Alors j'espère que tu m'entends. Il s'agit de Tarah. Tu ne peux ignorer cet ange, si tu existes. Pardon de douter de toi, mais tu n'es quand même pas facile à capter…J'ai l'air de plaisanter mais au fond, je suis très inquiète. Cette petite fille a le courage de se battre au quotidien et mériterait de pouvoir à nouveau courir et jouer comme ses camarades. Dans ce monde, il y a des milliers de gamins qui ont besoin d'aide mais juste pour aujourd'hui, un petit

coup de pouce serait le bienvenu. L'obstination et la détermination de Tarah feront le reste. »

Jeanne se redresse légèrement étourdie. Elle lève la tête et aperçoit le soleil à l'extérieur. Un rayon vient juste de pénétrer dans le salon et éclaire le centre de la pièce. La lumière céleste…

Elle se rassoit à son bureau et pour Tarah reprend son cahier et son crayon. Elle le lui doit. Surtout ne pas abandonner, ne pas perdre espoir. Alors, elle va lui raconter une histoire enchantée et enchanteresse qui l'émerveillera, encore une fois.

CHAPITRE 33

Le père de Tarah scrute l'horizon, toujours muet, remuant ses lèvres. De profil, son épouse ne peut ignorer sa nervosité par la mimique de sa bouche qu'il ne cesse de mordre. Ses yeux fixes jettent une expression profonde mais loin d'être apaisante et apaisée. Les pensées qui lui viennent à l'esprit en ce jour d'attente, d'angoisse s'entrechoquent. Il ne peut qu'éprouver de la haine face au mauvais tour que la fatalité a joué à sa Princesse. Plus encore, il ressent une violence intérieure difficile à canaliser quand il se remémore le procès, le mois dernier, de ce chauffard qui roulait trop vite. Il voulait gagner du temps car il était en retard à un rendez-vous galant. Alors, il a appuyé " un peu " sur le champignon et ne s'était pas rendu compte de sa vitesse. Au virage, avant l'abribus, il n'avait pas pu maîtriser son véhicule et les conséquences sont là : une opération délicate pour une petite fille âgée aujourd'hui de huit ans. Plus de dix mois d'examens, de radios, de visites chez tel ou tel médecin.

Oh oui, ce chauffard peut regretter maintenant ! La mâchoire du père de Tarah se crispe. Sa rage sort par tous les pores de sa peau. Et puis, il avait été si bien défendu par cet avocat parisien, sûr de lui, de sa plaidoirie, de sa prestation. Il avait su trouver la faille : l'éblouissement par le soleil face à lui. Ce seul fait avait amoindri le verdict de l'accusé - circonstance atténuante - malgré toute la verve de leur avocat afin de mettre en avant l'excès de vitesse incontestable. Du vrai théâtre, avec ses haussements de ton et ses mea-culpa pathétiques !

Dire que cet énergumène sans scrupules avait osé se tourner vers sa petite princesse avant de prendre la défense de celui qui avait bouleversé son enfance ! Quelle hypocrisie !

Il se demande si cette robe noire ôte toute conscience. A-t-il seulement repensé à Tarah ? Evidemment non ! Il ne doit même plus se soucier des victimes, une fois le procès terminé et gagné surtout.
Il paraissait tellement confiant, ce ténor du barreau que seule sa réussite professionnelle semblait préoccuper. Il n'oubliera jamais le visage de cet homme de loi ambitieux. Il ne proclame pas vengeance mais justice simplement.
Une vraie justice.

Et sa petite Tarah dans son coin tenant sa poupée contre elle, impressionnée par ce rituel juridique. Elle apparaissait mélancolique, lointaine. Prenait-elle mesure du drame ? Elle n'avait jamais refusé d'affronter la réalité mais sa frivolité l'avait protégée. La veille de se rendre au Tribunal elle avait eu ces propos étonnants comme elle en a parfois le secret :
- Vous savez, papa, maman, en fait le plus malheureux finalement c'est lui.
Etonnée par ce raisonnement, sa mère l'avait regardée avec tendresse :
- Qui lui, le conducteur de la voiture ?
- Ben, oui.
- Pourquoi dis-tu cela ma chérie ?

– On ne peut pas être heureux si on a fait le malheur. Il va être triste toute sa vie maintenant.

Dieu merci, elle n'avait pas assisté à l'intégralité du procès. Son apparition devait susciter l'émotion mais en aucun cas la pitié. Malgré cela, le chauffard avait encouru qu'une faible peine. Des années brisées pour Tarah contre six mois de prison pour lui.

Son amour pour Tarah est sans borne et son " bébé " ne méritait pas un tel coup du sort. Aucun enfant ne doit voir son existence basculée si violemment. Les adultes ont souvent beaucoup de mal à surmonter de telles épreuves ; alors que dire aux enfants ?
Sa princesse a su garder non seulement sa dignité mais aussi son optimisme. C'est elle qui leur donne la force, à sa mère et lui, de continuer à se battre. Et elle va peut-être enfin voir tous ses espoirs récompensés, en ce jour.

En prenant son énième café de la journée, il jette machinalement un œil à sa montre. 17 heures. Il n'a pas faim même s'il n'a rien dans l'estomac depuis hier midi. Il regarde son épouse. Ils sont l'un contre l'autre, soudés, silencieux. Il ne veut pas que sa colère dégrade leur relation et encore moins dans un moment aussi intense. Il faudra bien qu'elle s'apaise. Il ne peut rien faire de plus si ce n'est protéger les deux femmes de sa vie.

Il fixe la porte de cette salle qui doit s'ouvrir, l'opération terminée. Elle va s'ouvrir, oui ! Il n'en peut plus. Un autre café, peut-être...
La poignée s'abaisse...
Il se lève si brusquement que sa femme appuyée contre lui, manque de tomber de sa chaise.
Il est " modérément " nerveux. La mère de Tarah en sourirait presque mais elle ne comprend que trop bien ses sentiments.

Le Dr Mourou qui attend avec eux sursaute également. Son pouls s'accélère et des gouttes de sueur perlent sur son front. Il n'a pas voulu les laisser tout en respectant leur intimité. Il s'est installé à quelques mètres d'eux. D'habitude, il n'assiste pas les patients de cette manière mais Tarah est aussi " son ange ".

Le Pr Richeaux apparaît enfin... les yeux cernés, les traits tirés, les cheveux humides par la transpiration. Il

s'approche de son confrère et des parents de Tarah à pas lents. Il semble avoir pris dix ans en quelques heures et plus aucune force. Consacrer sa vie à aider ses semblables épuise émotionnellement et physiquement.
Qui va parler en premier lieu ? Laisser le chirurgien s'exprimer ou lui poser la question fatidique ?
Le père de Tarah est comme hypnotisé, paralysé par la présence du Professeur qu'il a tant attendu.
Le Dr Mourou, plus objectif peut-être, ose entamer le dialogue.

– Pierre ? Alors comment ça s'est passé ?
– L'opération a été délicate comme je le pressentais…
– Ça veut dire… interrompt le Docteur Mourou.
– Tout s'est bien déroulé, précise le chirurgien. Nous avons pu opérer les nerfs concernés et aucune complexité imprévue n'est survenue. Les effets de l'anesthésie vont se dissiper lentement. Pour l'instant, elle ne va rien sentir : ni douleurs, ni progrès. Il va falloir continuer à la suivre, bien entendu et nous allons mettre en place un programme de rééducation progressif.

– Nous pouvons aller la voir ? interroge la mère de Tarah.
– Oui, elle sera fatiguée, vous vous en doutez, mais vous voir à son réveil lui fera le plus grand bien. C'est une merveilleuse petite fille que vous avez là.
– On sait, proclament en chœur ses parents.

CHAPITRE 34

Comme un enfant aux apprentissages de la vie, il a fallu tout réapprendre. Cependant la spontanéité des nouveau-nés était oubliée, effacée chez Tarah. Ses muscles ont dû se fortifier jour après jour. Les séances de kinésithérapie ont eu pour but de réhabituer ses membres inférieurs à la sensation puis au mouvement de façon progressive.
Un climat de confiance s'est créé entre la jeune fille et son kinésithérapeute, qui a permis à ce dernier de recueillir des renseignements pertinents sur l'état d'esprit de sa patiente, son désir de guérison.

Dans le cas de Tarah, l'élaboration du problème a été très simplifiée.
Elle a déclaré :
- Docteur, moi, je veux nager un jour avec les dauphins… Et je sais que je vais y arriver, a-t-elle rajouté pour appuyer sa détermination.
Les choses étaient clairement exposées.
- Alors, pour cela, il va nous falloir travailler dur.
- Ok, on commence quand ?
Voilà la constitution psychique de Tarah : une Volonté à toutes épreuves.
- Tu es extraordinaire, lui a un jour exprimé le Pr Richeaux.
- Vous n'êtes pas mal non plus, lui a rétorqué spontanément Tarah sans se laisser impressionner.

Un combat de longue haleine qui dure depuis bientôt un an après l'opération, a donc débuté.
Les heures de répétition d'un même geste, lent au début puis de plus en plus rapide et précis grâce aux soins engendrés. Des mouvements toujours identiques jusqu'à ce qu'ils puissent devenir automatiques. Les premiers pas de Tarah, aidée par des barres parallèles mais elle était debout ! Que d'efforts, de souffrances même si elle ne se plaignait

que rarement, et de bonheur à chaque amélioration !
Chaque rendez-vous a marqué un pas en avant pour Tarah au figuré comme au concret.
Jeanne l'a souvent accompagnée car les activités professionnelles de ses parents ne leur permettaient pas toujours de venir. Elle a vu les muscles contracturés peu à peu s'assouplir par les massages et " répondre " positivement.
Tarah n'a jamais caché son plaisir aux séances de massages après un exercice parfois terriblement douloureux que lui imposait la rééducation.

L'institutrice à la retraite qui a suivi le procès dans les journaux, a appris que l'avocat parisien du chauffard avait quitté ses fonctions brutalement, sans raison. La vie prend parfois de drôles de tournures : Tarah va enfin recueillir le fruit de long mois d'incertitude, de patience et cet avocat s'enfuit…

CHAPITRE 35

Les guirlandes et les boules multicolores rangées dans leur boîte n'ont pas bougé depuis l'année précédente. Le sapin vient d'être coupé dans le jardin de la maison. L'odeur de la nature embaume le salon.

- Il est magnifique ce sapin, chéri.

- Ce Noël est exceptionnel, alors je veux qu'on le fête dignement. Nous allons décorer le sapin tous ensemble et il brillera de mille feux. Et je, j'aimerais…, le père de Tarah hésite, marque un temps.

- Oui, chéri ? Il y a quelque chose de particulier que tu voudrais ?

- Eh bien, crois-tu que l'on pourrait mettre une crèche au pied de l'arbre.

C'est un vrai miracle que notre Tarah puisse bientôt à nouveau marcher comme avant. Miracle réalisé grâce à la médecine, certes mais aussi grâce à l'aide de Dieu. C'est comme ça que je vois les faits en tous les cas.
- Je suis entièrement d'accord. J'avoue y avoir pensé également et je suis heureuse que tu en parles.
- Il nous reste encore dix jours avant la veillée de Noël. Nous avons largement le temps de tout préparer.
- Préparer quoi ?

A ce moment entre la jeune demoiselle de neuf ans dans la pièce s'aidant d'une béquille suivie d'un compagnon poilu à quatre pattes.
Tarah est rayonnante. Ses yeux pétillent de joie. Elle aime cette période festive, comme la plupart des enfants. Mais Noël a une double signification pour elle : l'espoir et l'amitié - grâce à Taquin, fidèle, toujours à ses côtés.
Il a tout suivi : le début de l'acceptation et l'adaptation au fauteuil roulant, les visites à l'hôpital au bureau du Professeur Richeaux, les doutes, les examens, les résultats, les angoisses, les joies face à l'évolution de la situation, l'opération tant espérée, la rééducation, le

soutien de Jeanne et enfin voir Tarah mettre un pied devant l'autre !

Taquin a assisté à ces épreuves, près de sa maîtresse qu'il aime tant. Quand il ne pouvait être avec elle à l'extérieur, il lui démontrait tant d'affection à son retour que Tarah savait qu'il n'avait jamais cessé de penser à elle. Ils vivaient chaque étape en même temps, dans une parfaite harmonie. Voici le deuxième anniversaire de leur histoire d'amour. L'un et l'autre savent qu'elle est éternelle.

- Alors, préparer quoi ?

- Nous avons pensé installer une crèche pour Noël.

- Oh, bonne idée ! Je demanderai à Jeanne ce qu'il faut mettre et comment. Elle va aussi en réaliser une. Je peux m'en occuper dites ? Ça me ferait plaisir et à Jeanne aussi.

- Si tu veux, volontiers.

Le père et la mère de Tarah échangent un regard complice : cette crèche illustre l'amour de Tarah en la vie. Il est bien naturel qu'elle lui revienne.

- Je vais dire à Jeanne de venir cet après-midi. Nous pourrons déjà établir la liste des choses nécessaires. A propos, Jeanne ne peut pas aller voir ses fils cette année pour les fêtes et je me suis dit qu'elle

pourrait partager notre repas et réunion de famille. C'est triste de la savoir toute seule.
– Mais c'est certain. Tu pourras lui dire tout à l'heure. Va vite l'appeler, répond sa mère.

Elle sait que son époux se range de son avis quand il s'agit de Jeanne. Peu expressif, il ne démontre ses états affectifs que très rarement. Néanmoins, les derniers événements ont fissuré sa carapace. A plusieurs reprises, quand la tension était à son apogée pour la destinée de Tarah, les larmes ont mouillé ses yeux bleus tendres. Il connaît le rôle que Jeanne a joué dans l'évolution de sa Princesse et lui en sera reconnaissant à jamais.

Chacun s'affaire aux derniers préparatifs - Taquin inclus. Encore un santon dans la crèche, une boule teintée de vert et rouge sur une branche du sapin. Les tons écarlates, ainsi que les décorations en bois naturel ou peintes aux couleurs de la forêt ornent Sa Majesté régnant dans le salon. Les guirlandes scintillantes habillent le décor de leur lumière. Une note de blanc aux fenêtres :

des flocons de neige tombent du ciel. L'enchantement de Noël entre en scène.

Le 24 décembre arrive enfin.

Ses longs cheveux blonds attachés, parée de sa belle robe pourpre que lui a offert son papa, Tarah se déplace lentement mais fièrement vers l'Eglise pour la messe de minuit. S'appuyant sur sa béquille, son pas se montre de moins en moins hésitant. Sa démarche se renforce chaque jour davantage. Spectaculaires, ses progrès ont suscité l'attention d'un journaliste local qui avait suivi le procès. Il a demandé aux parents de Tarah l'autorisation de l'interviewer et la photographier : " Une certaine revanche de la vie " tel était le titre de son article.
Aujourd'hui, jour de Noël, Tarah sait qu'il faut croire. Assise sur le banc froid, elle ferme les yeux.
Elle repense au cadeau merveilleux que lui a fait Jeanne, une heure plus tôt :
- Tu as parcouru les trois quarts du chemin grâce à ta ténacité et ton enthousiasme, je voulais t'apporter l'autre partie. Tu le mérites à tous les égards ma Tarah, et la sexagénaire lui a alors tendu une enveloppe.

Intriguée la jeune fille a pris le présent en interrogeant ses parents des yeux.
– Nous ne savons rien, a anticipé sa mère en mettant un doigt sur sa bouche. Délicatement, elle a ouvert l'enveloppe et en a sorti un billet d'avion ainsi qu'un ticket sur lequel un dauphin était dessiné. Puis elle a retiré une feuille de papier où étaient inscrits les mots :

Swimming dolphins

Tarah a relevé la tête et son émotion l'a laissée muette - une fois n'est pas coutume.
Aurait-elle deviné juste ? Cela serait-il possible ? Le billet affichait un vol Nice-Miami en Floride - Etats Unis.
Toujours sans voix, Tarah a senti son cœur s'emballer : la Floride, le pays des dauphins…
Jeanne tout aussi troublée s'est expliquée :
– Je sais que tu en rêvais et j'ai parlé au Pr Richeaux. Etant donné tes capacités actuelles, il estime qu'au printemps prochain, tu pourras nager correctement. Alors, voilà comme je vais rendre visite à mon fils aux Etats-Unis à cette période, je voudrais te faire découvrir ce pays et surtout t'emmener en Floride à Key Largo, dans un centre où l'on propose de

nager avec les dauphins. J'ai demandé à mon fils de se renseigner sur les moyens mis en œuvre et ils pourront t'accueillir. Un éducateur sera là pour t'aider en plus de l'assistant. Tes parents ont donné leur accord et ont acheté leurs billets. Nous partons au mois de Mai à Miami, tous ensemble.

- Nous pourrons confier Taquin à la voisine pendant le voyage, elle est déjà au courant et tu sais qu'elle adore Taquin, précise sa mère qui n'a pu contenir ses larmes.

- Je ne sais pas quoi dire - décidément - c'est trop génial, parvient à prononcer Tarah.

- Joyeux Noël ma Princesse.

En ouvrant les paupières, Tarah voit le prêtre lever les bras au ciel et déclarer dans son sermon :

- Comme l'a dit un de nos poètes contemporains : contre le passé y'a rien à faire, il faudrait changer les héros, dans un monde où le plus beau reste à faire...*

Minuit - Les cloches sonnent.

* Daniel Balavoine.

CHAPITRE 36

La pendule de la cuisine retentit. Les douze coups de midi. Il lui faut s'apprêter et s'activer. Assise sur un des fauteuils blancs du salon près du canapé, face au jardin Tarah contemple à travers la baie vitrée entrouverte, ce nouvel été qui s'annonce avec une certaine somnolence. Un papillon virevolte pour butiner les dipladénias de sa terrasse. Le calme et la douceur de cette matinée l'ont bercée et transportée vers l'enfance, la mélancolie. A moins que ce ne soit l'appel de son frère cadet d'hier soir. Avec leurs dix années d'écart, ils ont eu parfois du mal à se comprendre. Les hommes restent parfois

un grand mystère pour les femmes (ou c'est peut-être l'inverse…). Son jeune frère est né en Février de l'année qui a suivi le fabuleux et inoubliable voyage en Floride organisée par Jeanne. Et Tarah avait vite fait le calcul : soit neuf mois après leur retour…
Engourdie par ce périple spirituel, elle se redresse lentement. Elle doit encore s'habiller, se maquiller. Elle intègre l'équipe de l'après-midi et doit se presser si elle ne veut pas être en retard. Ce serait bien la première fois. Tarah aime son métier. Elle a vraiment l'impression de rendre ce que l'on a pu lui apporter des années auparavant, il y a si longtemps. Ses collègues l'apprécient et un respect mutuel s'est instauré entre eux. Une de ses amies lui a même affirmé un jour qu'elle possédait le physique pour ce qu'elle faisait ; à savoir une empathie naturelle qui ne laisse personne indifférent. Son charme en deux mots. Elle ne sait si cela est exact mais ce dont elle est persuadée, c'est qu'elle aime se sentir utile.

Une robe légère ornée de fines dentelles, une ceinture à la taille pour l'affiner et la mettre en valeur, une pince dans ses cheveux blonds quelque peu grisonnants, et enfin le choix des chaussures au ton identique à la ceinture : Tarah n'a pas perdu son souci du détail vestimentaire. En s'observant dans le miroir, elle se dit qu'il serait peut-être temps de prendre un rendez-vous chez un coiffeur pour cacher ces fils blancs dans sa chevelure, qui trahissent la cinquantaine et ses poussières....

Une ultime vérification de la chambre. Tout est en ordre : le lit tiré, les coussins assortis ne s'affaissent pas.

Sur son bureau en bois laqué, rangé méticuleusement, un seul dossier en cours est posé sur le côté. Tous ses livres classés par catégorie - professionnelle et loisirs - sont encastrés les uns contre les autres dans la bibliothèque provenant de la maison provençale familiale.

Ses yeux s'arrêtent sur un dauphin bleu en peluche entreposé entre deux romans, sur l'étagère. Il représente le témoin d'une vie passée, heureuse mais si lointaine. Quand le matin à 8 heures Tarah part courir, elle oublie parfois les difficultés qu'elle a rencontrées à une période de son existence pour faire deux pas en avant. Le cétacé est là pour le lui remémorer de temps en temps et lui rappeler que la vie peut être une lutte de

chaque instant. Mais quel triomphe, quand on en sort vainqueur !
C'est un peu aussi le message qu'elle essaie de transmettre autour d'elle. Son entourage l'admire pour ses force et joie de vivre mais elle est née comme ça… ou presque. Son caractère, elle se l'est forgé et le destin l'a aidée.
Elle n'en a jamais vraiment voulu à ce chauffard. A quoi cela aurait-il servi ? Et surtout, elle a préféré aller de l'avant sans trop se poser de questions. Elle a eu des parents admirables qui l'ont toujours soutenue. Aujourd'hui, c'est elle qui s'occupe d'eux. Juste la roue de la vie qui tourne.

Elle sort de son cocon et se dirige vers l'entrée.
Un gilet accroché au portemanteau et un parapluie (au cas où) : elle est parée pour la journée. Bien fermer la porte derrière elle - Personne pour garder les lieux. Taquin et Jeanne se sont transformés en étoiles qui l'observent et la protègent de là-haut.
Elle descend l'escalier qui mène au garage. Il lui faut environ vingt minutes en voiture pour se rendre à la clinique.
Les aiguilles de l'horloge indiquent 14 heures : elle est ponctuelle. Elle a bien

cru que ce ne serait pas le cas avec tous ces souvenirs qui ont refait surface et l'ont submergée.

- Bonjour Tarah. Tu vas bien ?

- Ça va. Je te remercie. Y a-t-il quelque chose de particulier à signaler ?

- Non, tout évolue normalement. Nos amis t'attendent, tu sais. Certains te réclament depuis hier soir.

- Alors, j'y vais. Je suis aussi heureuse qu'eux de les retrouver.

- Tu es incroyable.

- Non, je suis infirmière et fière de l'être, répond Tarah radieuse.

CHAPITRE 37

Les visites débutent par un tour d'horizon général. Il n'est pas envisageable pour Tarah de commencer des soins sans se rendre compte du moral des troupes, selon sa propre expression. Le moral détermine un facteur essentiel dans toute guérison. Elle connaît " relativement " le sujet. Alors, elle porte autant d'attention à ses paroles qu'à ses gestes. Le dialogue qui s'instaure entre elle et les malades relève parfois de la complicité voire de l'intimité.
Ils lui parlent de leur famille avec les soucis des enfants, petits-enfants, arrière-

petits-enfants. Que de conversations possibles et envisageables !
La veille encore, une grand-mère s'inquiétait car sa quatrième petite-fille devait passer le baccalauréat. Quand elle a entendu les thèmes de philosophie, elle était affolée : " L'art et les médias : contradiction ou complémentarité ? " ou encore " Les nouvelles technologies tuent-elles la spontanéité artistique ? "
Un jeune de dix-huit ans peut-il répondre à ces questions ? Elle a partagé son désarroi avec Tarah qui lui a gentiment répondu :
- Vous savez, la philosophie, on l'apprend avec les années. Moi, j'ai eu 4 au bac et j'exerce quand même ma passion.
- Merci. Vous me rassurez…enfin un peu. C'est vrai qu'il n'y a pas que cette matière. Mais je vais appréhender chaque épreuve pendant la durée des examens.
- Ayez confiance en votre petite-fille et ne vous tourmentez pas plus que ça. Le baccalauréat est une clé qui ouvre bien des portes c'est vrai, mais les serruriers, ça existe aussi…
La vieille femme avait souri à ces mots et toute sa physionomie était devenue une image des chemins parcourus durant sa longue vie.

- Allez, je reviens tout à l'heure avant le dîner gastronomique. Mais appelez-moi si besoin, d'accord ?
- Vous êtes vraiment bonne Tarah.

L'infirmière effectue ainsi sa distribution de réconfort et tendresse.
Deux semaines se sont écoulées depuis l'examen philosophique des bacheliers.
- Bonjour Tarah. Ça me fait plaisir de vous voir.
- Ça c'est sympathique. Quoi de neuf en cette journée fraîche mais ensoleillée de début Juillet ?
- Ceux sont les résultats ce matin ! Je suis impatiente, si vous saviez.
- J'en ai une vague idée. Comment cela va-t-il se passer ? interroge Tarah.
- Les notes sont transmises sur internet par le lycée, à partir de 8 heures. Quelle heure est-il maintenant ?
- A peine 10 heures.
- Je devrais recevoir un appel d'ici peu.
Et soudain le téléphone sonne, comme s'il avait été programmé.
- Oups, je crois que ça y est, affirme la grand-mère en décrochant - Allô, oui, alors…oh mon Dieu comme je suis contente. Oh, c'est merveilleux. Non, non je ne pleure pas ma chérie. Je suis émue c'est tout. Tu l'embrasses très fort pour

moi, tu veux bien. Oui, oui, à Dimanche. On fêtera la bonne nouvelle, promis.
- Bon, je pense que j'ai compris et en suis ravie pour vous. Je dois y aller mais je suis de garde ce soir, nous pourrons discuter davantage.
Sur ces paroles Tarah prend congé et vaque à ses multiples activités.

Elle apprécie aussi ces soirées de garde où le temps semble suspendu. La nuit effraie dans un centre hospitalier car l'agitation ne détourne plus l'attention, ni les pensées les plus obscures. La faible lumière des couloirs, les bruits sourds plongent l'atmosphère de l'endroit dans un demi-sommeil. Quand rien d'imprévisible ne survient, elle offre aussi des moments propices à la nostalgie et aux confidences.
- Bonsoir Anna. Je suis de retour comme promis. Comment vous sentez-vous ?
- Je vais bien. L'excitation s'est évaporée et je me sens apaisée. Je ne saurai vous dire la raison exacte, la vieille dame soupire et reprend - Ma dernière petite-fille est une jeune femme à présent qui va poursuivre ses études et construire son avenir. Il est sans doute temps pour moi de m'éteindre et laisser la place.

- Qu'est-ce que vous me chantez là ? Vous allez rentrer chez vous dès que votre tension sera stabilisée. Je suis convaincue que Dieu veut vous faire profiter encore de nombreux instants de bonheur.
- Oh, j'en ai déjà tant eu, si vous saviez Tarah. J'ai eu une belle vie. Moi aussi, j'étais infirmière, d'abord en Normandie puis en Afrique. J'ai tenu un dispensaire à Saint Louis. J'avoue que ce n'était pas tous les jours facile car nos conditions étaient rudimentaires. Mais la passion l'emportait sur ces " tracasseries ". J'y ai rencontré mon époux, un avocat parisien qui avait tout quitté, tout largué comme il disait. A l'époque, je m'appelais Gardian.

Quand viennent les premières aurores,
Le rouge sort de son sommeil
Illuminant la ville de ses trésors.
Des matins où tout s'éveille
Et le gris s'éclipse face au rosé.
Peu à peu le ciel s'ouvre,
Pour nous offrir l'azur et sa pureté ;
Et tel un manteau, le bleu couvre
Sa toile de maître pour épanouir
Dans nos verts pâturages,
Les fleurs des champs et des prairies
Que nous sommes, enfants sauvages,
Remplis d'illusions et de rêves.
Quand resplendit le jaune de lumière,
Puis lentement en douceur s'achèvent
Nos espoirs, nos combats éphémères,
Laissant derrière nous un orange amer,
Que le noir aspire pour prendre place.
Mais toujours scintille l'astre lunaire
Dont la blancheur jamais ne s'efface. *

* " Couleurs de Vie "

A NOS ESPERANCES

3e partie

Du pays de l'enfance,
Monde d'insouciance,
Monde d'innocence,
Parfois d'insolence,
Parfois d'arrogance.

Du pays de l'enfance,
Où l'on danse,
Où l'on se balance,
Dans un jardin immense,
Aux mille fragrances.

Du pays de l'enfance,
Brisée par l'absence,
Meurtrie d'indifférence,
Mais forte de persévérance.
Chaque matin, une envie, une chance. *

* " Du pays de l'enfance "

CHAPITRE 38

J'avais dix ans et regardais souvent les pommiers en fleurs, au loin.
Ma mère s'occupait de moi et de notre maison à Elbeuf. Mon père était plus mystérieux, sans doute comme tous les pères à cette époque. Le devoir patriarcal pesait sur ses épaules. Sa force était de ne pas montrer ses sentiments, donc ses faiblesses.

Pourtant, un matin de juin, il m'emmena avec lui et maman à l'usine de production de cidre. C'était à l'occasion du mariage de la fille du patron. Ce dernier avait organisé une fête avec ses employés et leur épouse. L'entreprise représentait une seconde famille où l'on pouvait se réfugier. Chaque évènement gai ou triste était partagé entre tous. L'argent comptait bien sûr, mais les premières valeurs étaient ailleurs, en ce temps-là.

Lorsque nous arrivâmes à l'usine, moi lui tenant la main, j'étais fière. Fière de lui, fière de son allure avec son pantalon en velours, son gilet et son chapeau en feutre noir, fière de son métier. Mon père fabriquait le meilleur cidre de France, du moins c'est ce que j'imaginais. Du haut de mon jeune âge, la France se limitait à notre belle région de Normandie. J'entrai dans la cidrerie les yeux emplis de larmes d'émotion. Les alambics en cuivre doré brillaient aux doux rayons de la luminosité matinale. Mon père m'expliqua le processus du choix délicat et étudié des pommes douces, amères pour donner plus d'arômes fleuris.

– Vois-tu Anna, pour produire un bon cidre, il faut naturellement récolter de bonnes pommes. Il est ensuite le résultat savoureux de la fermentation du sucre que contient le jus de pomme. Le cidre a longtemps été considéré comme le vin des Rois.

Malgré son explication un peu trop technique, je savourais chaque parole. Il ne m'avait jamais autant parlé.
– Veux-tu visiter nos vergers ? me demanda-t-il. Et sans attendre de réponse, il m'entraîna au dehors sous l'œil complice du propriétaire. J'étais impressionnée par la vision de ce champ de pommiers - les orangers du Nord - à perte de vue.
– Le cidre est un art de vivre, vois-tu petite, me précisa son patron qui s'abandonna dans le récit de la fabrication de cette boisson si précieuse en me détaillant les différentes étapes : du ramassage des pommes dès l'été jusqu'au soutirage en hiver.
Quand nous retournâmes dans la distillerie, je rencontrai les collègues de mon père, tous normands, accompagnés également de leurs proches. Je pouvais lire dans les yeux de chacun, le bonheur d'être présents et de vivre cette fête ensemble.
Le patron prit la parole et leva son verre de cidre, évidemment. Il ne pouvait en être autrement.
Je n'écoutais pas son discours mais observai le visage radieux de ces personnes autour de moi et découvris

mon père sous un nouvel aspect, celui d'un homme heureux et souriant.
Car malheureusement quand il rentrait le soir, fatigué par une dure journée de labeur, il ne semblait ni heureux, et ne souriait guère.
Cette ambiance lugubre m'angoissait. Après l'école, je m'enfermais dans ma chambre, au grand désarroi de ma mère. Je me débarrassais à la hâte de ces vêtements en laine qui me collaient trop au corps et qui me grattaient. Je n'avais qu'une envie : me mettre en tenue de nuit même dès 17 heures.
Parfois, je m'asseyais sur une des marches de l'escalier menant au salon et attendais le retour de mon père, en silence.
Ma mère s'affairait en cuisine mais je n'allais pas l'aider. Je préférais rester dans mon coin.

Le dimanche, il nous arrivait de nous promener dans les prairies verdoyantes tous les trois. Mon père paraissait plus détendu et prenait ma mère par le bras.
Il avait ce caractère réservé voire bourru des normands de souche depuis plusieurs générations mais pour moi, il était inaccessible.

Ma mère percevait cette gêne en moi et en était attristée. Alors, nous partions, elle et moi le jeudi, ou pour une journée durant certaines vacances scolaires, à bord de sa 2 CV Citroën vert olive, et parcourions des kilomètres à la découverte de notre Normandie avec son littoral, ses paysages divers.
Elle disait souvent avec orgueil :
- En Normandie, il peut faire beau plusieurs fois par jour. Les nuages chassent le soleil mais il revient toujours conquérant.
Nous marchions très longtemps le long du rivage ou sur les chemins bordant les falaises.
Interminables plages, cordons de dunes, falaises vertigineuses : la diversité des panoramas me laissait sans voix. Ma mère m'expliquait alors la faune et la flore de notre pays normand. Dès que l'occasion se présentait, elle me montrait les grands cormorans près des falaises d'Etretat et les lichens orangés qui se nichaient dans la roche. Ils étaient entourés de plantes fleuries et offraient une palette de couleurs aux multiples reflets, impressionnistes.
- La lumière en Normandie change constamment, me disait-elle.

Elle me parlait des peintres comme Monet et des écrivains tels que Maupassant que la Normandie a tant inspirés.
Mais ce qui m'intéressait vraiment c'étaient les histoires plus incroyables les unes que les autres, du célèbre Arsène Lupin dont le butin aurait été caché dans les falaises d'Etretat. Le gentleman cambrioleur aurait établi une cachette secrète dans les " jambes " de l'aiguille plantée dans la mer.
Mes camarades et moi en parlions souvent dans la cour de l'école. Notre rêve était de trouver cet endroit car nous étions persuadées que tout n'avait pas été inventé.
Marcher sur les traces du personnage de légende de Maurice Leblanc me fascinait.

Pourtant, je n'étais pas en reste quant aux personnages de légende dans mon propre entourage.

CHAPITRE 39

La maison de mon oncle Paul Gardian, le frère de mon père, se trouvait dans le Cotentin. Quand nous allions chez lui et ma tante, le dépaysement était garanti, tant par le site que par l'ambiance.
Le Cotentin avec ses champs bordés de murets en pierre, ses élevages de moutons, nous transportait en Irlande à seulement quelques heures de route. Les îles de Tatihou à l'Est et de Chausey à l'Ouest donnaient des airs d'exotisme et de bout du monde à cette presqu'île.
Le toit en chaume, les murs blancs par la chaux, son jardin dont l'allée centrale était bordée de pommiers et sa volière

abritant des canaris, donnaient tout son caractère à cette maison traditionnelle.
Pardon c'était faux !

Ses occupants aussi lui donnaient son caractère !
Les personnalités de mon oncle et ma tante étaient " assez " opposées à celles de mon père et ma mère.
Autant mon père était sérieux, droit, rigoureux voire obtus ; autant mon oncle représentait à mes yeux la folie douce.
Cet ancien militaire mélomane avait gardé de ces années dans l'armée la joie de sonner le clairon aux aurores.
De la sorte, chaque matin, nous étions réveillés par le son de cet instrument. Mon oncle Paul nous regardait arriver dans la cuisine pour le petit-déjeuner avec un air amusé de celui qui était content de sa farce. Il ne se lassait pas de voir nos mines matinales dépitées.
Il occupait ses journées à la fabrication de son propre cidre avec un pressoir en bois.
C'était d'ailleurs un des sujets de discorde avec mon paternel, pour qui la qualité d'un tel cidre ne pouvait être au rendez-vous.
Sa seconde occupation était d'échapper à sa femme tyrannique. Son engouement pour les après-midis entre copains au bar

du village à disputer des parties de cartes acharnées, n'était pas du goût de ma tante.

Autant ma mère était gracieuse par ses mots, ses gestes ; autant ma tante avec sa voix rauque d'outre-tombe m'effrayait. Sa grande taille ajoutait à l'impression terrible que je ressentais face à elle.
Les tentatives d'échappatoire de mon oncle nous amusaient et nous terrifiaient car nous étions souvent complices.
Nos plus belles balades restaient celles qui nous amenaient vers le Mont Saint-Michel. Les odeurs d'embruns et des près où broutaient les vaches à la robe mouchetée de brun, se mélangeaient dans nos narines. Nous emmenions nos bottes en caoutchouc et partions ramasser les coques pendant les marées basses.
Ma tante nous accompagnait de temps à autre. Ainsi, elle surveillait mon oncle car elle avait une confiance relative en nous ; argumentait-elle.
Mais je soupçonnais quand même un peu de joie à nous voir réunis. Ses yeux étaient moins scrutateurs et un peu plus rieurs.
Le bijou majestueux surgissant de la mer, nous offrait un spectacle inouï. Nous croisions des barges rousses ou à queue noire. Comme nous, ces oiseaux

passaient la saison estivale dans la plus belle baie d'Europe. Dans les prés salés, nous apercevions les moutons à têtes noires et au loin, les pêcheurs de crevettes poussant leur filet.
Le soir après une de ces journées inoubliables, je fermais les yeux et revivais ces heures d'insouciance. Je ne voyais plus mes parents, mon oncle et ma tante, mais quatre grands enfants aussi émerveillés et enthousiastes que moi face à cette nature sauvage.

Nous passions tous les étés dans cette atmosphère particulière. Elle était devenue la maison de vacances familiale, un refuge. Un piano trônait dans la salle principale et nous berçait par sa mélodie, grâce au talent de ma mère, musicienne dans l'âme. Il arrivait à mon oncle de se joindre à elle. Alors une sonate à quatre mains se jouait.
Tout le monde les observait en silence et écoutait, y compris papa.
Selon l'humeur du pianiste, la sonate virait au jazz, que nous découvrions et décontenançait sa femme, son frère, ma mère.
Moi j'aimais bien...

Souvenirs tout aussi joyeux qu'insolites.

CHAPITRE 40

J'avais dix-huit ans et je scrutais la mer au loin. Les mouettes tournoyaient avec leur cri strident. J'admirais leur bal et ces vastes étendues du sud du Cotentin. Les coquillages tapissaient ce lit sablonneux à marée basse. Je me pressais pour en ramasser quelques-uns.

Mon oncle nous avait quitté depuis trois ans, victime de sa trop grande fidélité à son cidre.

– Il consomme plus de litres de cidre que notre Renault 4L en essence, c'est dire ! affirmait sa femme, non sans une pointe d'agacement.

La France venait d'être submergée par la déferlante sociopolitique de Mai 68. J'avais passé mon baccalauréat scientifique, comme la plupart des lycéens, avec des épreuves orales en guise d'examen, sans trop d'efforts.
Cette année-là, les vacances d'été avaient une saveur plus amère encore.
La présence de mon oncle Paul, sa fantaisie, ses escapades rocambolesques pour échapper au foyer et même son clairon me manquaient. Les canaries eux aussi partis vers d'autres cieux, n'avaient pas été remplacés. Ma tante semblait s'isoler de plus en plus et sa personnalité n'attirait pas de nouvelles amitiés. Nous étions les derniers liens qui lui restaient. Cependant son accueil mitigé, presque glacial, au fil des années, avait découragé mon père d'abord puis ma mère.
Mais moi, je voulais y retourner une dernière fois.
Je n'étais pas encore majeure et ma mère a dû m'accompagner à regret. Le piano, aussi avait disparu, en laissant un grand vide dans la maison.
Je savais que je n'y retournerais plus et que désormais l'enfance était derrière moi.
Peut-être voulais-je imprégner ces images à jamais dans ma mémoire ? Le besoin de

revoir cet endroit l'avait emporté. Maman me proposait de sillonner le versant ouest jusqu'aux falaises de Jobourg, dans le nord, à bord de notre chère " deudeuche " fatiguée mais robuste.

Nous rentrâmes à Elbeuf une semaine plus tard. Sans verser de larmes, j'avais dit au revoir à ma tante et au Cotentin. Je ne pensais pas y revenir avant longtemps. Un pré-sentiment.
J'écoutais mon radio-transistor dans ma chambre avec cette musique qui donnait du baume au cœur : le Rock'n Roll. Je découvrais Elvis Presley et sa voix chaude me faisait frissonner, sans parler de son portrait d'ange.
" Salut les copains " était mon magazine préféré et je me retrouvais dans cette jeunesse active, avec cet appel de liberté - ma Liberté chérie.
J'apprenais à me construire et bâtissais mon esprit d'indépendance.

Mes parents, eux, se voyaient vieillir lentement et semblaient un peu dépassés par ce nouveau monde en marche, " cette jeunesse folle " comme ils disaient.
La cidrerie continuait à nous fournir le pain quotidien. Le gendre du patron en

avait repris la direction et semblait compétent, selon mon père.
Ma mère occupait ses après-midis dans diverses associations en y apportant ses connaissances musicales ou culinaires. Elle avait sa place dans la société et y tenait. Papa s'y était opposé dans un premier temps mais les mouvements féministes avaient eu raison de lui. Il céda et ne le regretta pas. Ma mère était épanouie, resplendissante.
Quant à mon avenir, il restait flou, brumeux telles les premières lueurs dans la campagne normande.
Me marier, avoir des enfants ? : hors de questions !
Voyager ? : oui !
Rester libre ? : oui !
Comment ? : probablement grâce aux études.
Dans quel domaine ? : c'était justement la question...

Quel métier, quelle qualification me permettraient d'accomplir mes rêves ?
J'avais peut-être hérité de mon oncle, cette soif fugueuse.

CHAPITRE 41

Rouen, la Seine, Victor Hugo : témoins de mon premier envol.

La capitale de la Haute Normandie avec sa cathédrale, que Flaubert n'aimait pas, son Gros-Horloge habillé de son unique aiguille, fantaisie normande, son fameux mascaret, une vague pouvant atteindre trois mètres de haut, ses toits bleus et ses clochers gothiques, m'avait accueillie un an après l'obtention de mon baccalauréat. J'avais loué une petite chambre de bonne à une vieille dame sourde et potelée dont la générosité était à l'image de ses courbes. Pour le dîner, elle me préparait

de belles crêpes de sarrasin. Chaque soir, une variété différente : au jambon, au beurre salé, aux champignons. Elles étaient accompagnées d'une soupe maison préparée soigneusement avec les légumes cultivés dans son potager. Elle savait me régaler avec trois fois rien, sans fioritures. Le maigre loyer qu'elle me faisait payer lui permettait de rester dans cette demeure qui l'avait vue naître.
Le bourg d'Elbeuf et Rouen n'étaient pas très éloignés mais afin d'optimiser mes heures d'études, mes parents avaient choisi de faire le sacrifice de nous séparer pendant la semaine. Durant une année, en participant à la production de la cidrerie, j'avais également économisé mes faibles salaires en vue de mon avenir étudiant.

Plusieurs options s'offraient à moi entre la comptabilité, l'administration, le secrétariat. Je choisis l'école d'infirmières de Rouen.

- Nous aurons toujours besoin de personnes pour nous soigner, avaient affirmé mes parents et en conséquence, avaient approuvé mon choix.
Les idées un peu trop libératrices développées par ma génération les

avaient effrayés mais ma décision les conforta dans ma prise de responsabilisation.
Alors pour me préparer un horizon serein, j'ai pris ma valise, mon courage, ma bonne étoile et j'ai tenté ma chance à vingt-trois kilomètres.
...déjà une âme voyageuse et aventurière...

Le centre de formation de l'Hôtel-Dieu, devant le nombre croissant d'élèves dut s'agrandir. Je fis donc partie de cette promotion initiale de l'école, Rue des Forgettes. Nous étions des centaines de futures infirmières à espérer apporter notre contribution à un monde meilleur.
Dans l'autocar qui nous ramenait à Elbeuf le vendredi soir, épuisées par une semaine éprouvante, souvent nous nous endormions et le conducteur devait nous réveiller lors de notre arrivée à notre domicile. Il avait fini par connaître la destination de chacune d'entre nous.

Nos journées étaient planifiées entre les cours théoriques élaborés par des professeurs qui nous assommaient avec les termes techniques et quelques peu rébarbatifs de la constitution de l'anatomie humaine, et les exercices

pratiques dispensés par des infirmières exigeantes, ne laissant passer aucune erreur. La vie de nos patients à postériori en dépendait.
La rigueur et la discipline n'accordaient aucune distraction. Je travaillais dur, sans relâche, sans compter les heures, le nez plongé dans les ouvrages médicaux.

Je croyais en moi.
Les week-ends étaient studieux. Peu de sorties. Je le devais à mes parents.

Et enfin, après des mois de doutes, parfois de pleurs, le temps des examens était arrivé. Les mains moites, le cœur battant, tous les mots se brouillaient dans mon cerveau. Il fallait me ressaisir. Il était hors de question de gâcher tant d'efforts par des crises d'angoisse.
Les jours passèrent ainsi, comme si mon corps était hors de moi et réagissait par reflex. Je répondais aux interrogations écrites enfermée dans ma bulle, ignorant mon environnement extérieur. Au cours des épreuves orales, les solutions me venaient, surgissant d'un subconscient salvateur.

Durant l'attente des résultats, je vécus les pires semaines de ma jeune vie.

Le jour fatidique arriva enfin.
Aurais-je l'honneur d'encadrer, ce bout de papier tellement précieux, aussi inestimable qu'une médaille d'or, un trophée ?

Interminables couloirs,
Derrière chaque porte,
Un sourire, un espoir,
Une âme à demi morte.

Chaque jour se battre
Contre la maladie
Qui n'hésite pas à s'abattre
Sur un proche, un ami.

Blouses blanches et cernes noirs,
Pour ces guerriers armés
De protections si dérisoires,
Leur force : leur bonté.

Ne jamais baisser les bras,
Y croire à tout instant,
Leur mission, leur combat,
Leur passion, leur engagement.

Pouvoir raviver la flamme
De l'être en sommeil
Offrir la vie, le sésame,
D'un monde nouveau et ses merveilles. *

* " Soigner, source de vie "

CHAPITRE 42

J'avais vingt-cinq ans, mon diplôme d'infirmière générale en main et toutes mes espérances. Exerçant au CHU de Rouen depuis plus de quatre années, un poste d'encadrement m'attendait à Cabourg.
J'avais appris à Rouen ce que l'enseignement scolaire ne permettait pas, l'expérience du quotidien avec ses difficultés.
Durant les stages de ma formation, j'avais eu l'occasion d'exercer dans le service des urgences et de pédiatrie.
Les Urgences engendraient trop d'angoisses et ne laissaient aucun répit

pour connaître les malades. Notre devoir était la prise en charge des soins et cet aspect trop technique me déplaisait. Seuls les corps importaient. Il ne fallait surtout pas penser aux souffrances des personnes. Pas d'apitoiement. Pas le temps.

Un jour, une de mes collègues m'avait dit :

– Concentre-toi sur les corps et le constat des blessures, si tu commences à voir autre chose que des machines sous tes yeux, tu ne tiendras pas. Ton bouclier sera ta vision du malade comme un appareil à réparer au mieux.

Ces paroles m'avaient choquée mais je les comprenais.

Quant à la pédiatrie, devant les enfants il était impossible de rester indifférents. La joie à l'instar de la douleur étaient décuplées lorsqu'un petit garçon guérissait ou si une petite fille par malheur mourrait. L'émotion ne pouvait me guider dans mon sacerdoce, mais devant l'injustice de la vie, comment rester de marbre ?

Entre la technicité primaire et l'empathie exacerbée, je choisis une voie plus neutre.

Dès mon arrivée à l'hôpital rouennais Charles Nicolle, je fis équipe avec Mathilde, infirmière depuis douze ans. Grande, droite, hautaine, elle était peu aimable.

- Avec moi, on ne traîne pas et il va falloir assumer seule très vite.

Le ton était donné.

- Le docteur Martin va commencer sa tournée par les chambres du quatrième et cinquième étages. Accompagne-le et suis ses instructions.

- Bien Mathilde.

Le Dr Martin arriva et me regarda sans me saluer. Il entra dans la chambre 401.

- Monsieur Pichon, alors cette vésicule ?

- Ça va docteur. Je ne souffre plus.

- Vérifiez sa température et son taux de protéines C Réactive, m'ordonna-t-il.

Je notais : M. Pichon → température / taux de CRP sans dire un mot.

Nous passions au lit suivant sans un regard supplémentaire à M. Pichon.

- Mme …Dominni, c'est ça ?

- C'est ça Docteur.

- Qu'avons-nous ?

- A vous de me dire Docteur...

- Bon… apparemment des douleurs au thorax...Un examen complémentaire des poumons, ajouta-t-il tournant la tête dans ma direction.

Je prenais donc à nouveau note : Madame Dominni → demande radios poumons.

Et ainsi pendant deux heures, je suivis le Dr Martin et inscrivais au fur et à mesure ses directives, soumise, obéissante, comme toute infirmière digne de ce nom face aux médecins.
Je revenais le voir un peu plus tard dans la matinée.
– Docteur, voici les analyses de M. Pichon et les résultats de l'examen pour Madame Dominni.
– Voyons-ça. Pour Mme Dominni ce n'est pas grave. Une douleur musculaire intercostale. Donnez-lui des anti - inflammatoires AINS à raison de deux comprimés de 1000 par jour. On verra par la suite. Pour M. Pichon, température : 37.6° C et un taux de CRP à 5 mg/l. OK. Encore un peu élevé mais pas inquiétant. Sa cholécystite est bientôt derrière lui. Vous reprendrez sa température et le taux de CRP dans deux jours. Son lit devrait être libéré en fin de semaine.
Je sortis de son bureau sans avoir eu droit à une ébauche de sourire ou un merci.
Il devait se réserver pour ses confrères masculins plus hautement gradés...

Ce statut d'exécutante me frustrait. J'exerçais mon métier certes, mais mon désir d'indépendance criait en moi que ce simple état ne me satisferait pas bien longtemps.
Mathilde me reprenait parfois.
- Anna, nous autres infirmières, nous ne sommes là que pour donner des soins et rien d'autre.
- Justement Mathilde ne croyez-vous pas que nous avons aussi notre part dans la guérison des malades ?
- Comment ça ?
- Ce que je veux dire, c'est que notre fonction pourrait être mieux valorisée. Au fil des ans, nous avons délégué une grande partie des soins d'hygiène et de confort aux aides-soignantes car nous étions débordées. Notre utilité devrait être plus reconnue. Les soins que nous prodiguons sont essentiels. Nous sommes là jour et nuit et sans nous, les médecins seraient dépassés.
- Et nous, sans eux, nous n'aurions pas de travail, Anna ! Ne l'oubliez pas.
- Oui, justement, c'est une mission collective, une collaboration Mathilde !
- En attendant de tout révolutionner, contentez-vous de faire ce qu'on vous demande et ce pour quoi vous êtes payée !

Je bouleversais le monde bien rangé de Mathilde et en avais conscience. Mais le changement était en marche car les jeunes infirmières telles que moi ressentaient ce manque de reconnaissance.

Certains praticiens approuvaient cette transition.
Les années qui suivirent marquèrent la considération de notre discipline à part entière et le terme d'une docilité aveugle.

Ce processus n’était-il pas la suite logique du mouvement d'émancipation féministe né quelques temps plus tôt ?
Fin de la supériorité de l'homme sur la femme ?
Fin de la supériorité du médecin sur l'infirmière ?

Utopie ou réalité ?

Si à l'aurore de notre vie, on ne croit pas en ses rêves, quand peut-on y croire ?

CHAPITRE 43

Avec ou grâce à cet appétit de briser les normes, je fus l'une des pionnières à être nommée Infirmière Générale en France. Les mentalités au sein de la communauté médicale avaient suivi les traces réformistes. Nous n'étions plus des pions. Notre autonomie était davantage reconnue. La démarche des soins s'avérait désormais différente. Nous soignions un patient et non une maladie. Une notion d'éducation thérapeutique avait été établie et notre métier prenait enfin tout son sens. Nous n'étions plus de simples techniciennes.

L'époque de l'infirmière stupide et disciplinée était révolue.
Vraisemblablement aussi parce que de plus en plus d'hommes se tournaient vers cette profession ...

Ainsi, je devins responsable d'une équipe ralliant trois infirmières et deux infirmiers.
Parmi eux : Gérald.
Quand je le voyais prendre son service, j'avais toujours un sourire aux lèvres. Ce n'était pas de la moquerie mais de la tendresse.
Il vivait sur une péniche le long de la Dives. Toujours très raffiné et préoccupé par la tenue de sa chevelure. Pour respecter la réglementation, il devait attacher ses cheveux en queue de cheval. Cela le désolait.
– Ça va me les casser et à quarante ans, je serai chauve, répétait-il avec la moue boudeuse mais une pointe de malice dans les yeux.
Il savait aussi que détachés, ses cheveux épais bruns et ondulés lui donnaient beaucoup de charme. Il en abusait par moment.
Il était à peine plus jeune que moi et dégageait une énergie communicative. Il

en fallait pour affronter les heures de garde.
Fils de brocanteur, il avait décidé de devenir infirmier pour servir son prochain.

Après un jour singulièrement harassant suite à l'enchaînement de complications chez de nombreux patients, nous nous retrouvâmes, en fin d'après-midi, tous les deux à la cafétéria à prendre une boisson chaude bien méritée.
- Waouh ! Quelle journée, hein Melle Gardian ?
- Oui, Gérald. Ça a été éprouvant aujourd'hui. Je vous l'accorde. Mais vous avez tous fait du bon travail.
- Merci Melle Gardian. Ça fait plaisir à entendre...
Je sentis qu'il hésitait à poursuivre. Je l'encourageai.
- Gérald ... ?
- Non rien. Ça peut attendre...
Ce ton hésitant ne lui ressemblait guère.
- On a une pause, profitez-en. Lancez-vous, lui dis-je, peut-être un peu trop insistante voire encourageante.
- Ben voilà, Anna...
Je fus surprise de ce ton auquel je ne m'attendais pas.
Il poursuivit, ne l'ayant pas interrompu.

– Anna, je voudrais vous offrir un verre et vous invitez à diner.
– Mais là, nous buvons déjà un café ensemble, Gérald, répondis-je afin de faire illusion mais j'étais désarçonnée par cette déclaration.
– Non, vous savez Anna... enfin... quand vous me regardez avec vos sublimes yeux verts, je fonds. Vous avez toujours un mot gentil pour moi. Voilà, je dois vous dire que je vous trouve admirable et que je vous ...
– On va s'arrêter là Gérald. J'apprécie vos compliments. Vous êtes un excellent infirmier.
– Oui, c'est tout ce que je suis pour vous Anna ? C'est ça ?
– Gérald, nous allons reprendre le Melle Gardian. En tant que votre supérieure hiérarchique, je serai toujours à votre écoute si vous avez des revendications quant à vos conditions de travail. Mais nous allons oublier cette conversation. Demain est un autre jour.

Sur ces mots, je me levai et quittai la pièce.

J'avais travaillé d'arrache-pied pour arriver où j'en étais. Cet avancement de carrière m'avait été proposée après les

rouages difficiles de la vie hospitalière de Rouen. L'opportunité de prendre le commandement d'une équipe avec tout l'aspect humain qui en découlait, mais également le défi médical en tant que conseillère dans le domaine des soins à apporter, représentait l'aboutissement de ma lutte menée auparavant.
Cependant, je devais aussi me l'avouer, l'attrait de pratiquer dans la clinique privée de Cabourg et la rémunération proportionnelle ne m'avaient pas laissée insensible.
Après le premier choc pétrolier et l'essor de la consommation de sodas, la cidrerie de mon père et l'industrie dans sa globalité, avaient connu de graves difficultés financières. Alors rendre à mes parents l'argent qu'ils avaient si durement économisé pour permettre mon épanouissement social (selon leurs termes) était un juste retour des choses.
Je brûlais sans doute un peu ma jeunesse. En y réfléchissant, ce fût probablement le facteur déclencheur de tout ce qui se passa par la suite. Je ne voulais rien laisser au hasard. Ni mes amours, ni ma carrière, ...ni ma vie.

On croit déjà tout savoir alors que l'on a à peine trente ans ! Quelle ironie !

CHAPITRE 44

J'aimais ma vie à Cabourg. Mon appartement de cinquante mètres carrés à Dives sur Mer, commune face à Cabourg aux loyers plus modérés, possédait une vue sur une cour intérieure entretenue avec soin par le gardien de l'immeuble. Les plantes vivaces dans le parterre qui encadrait l'espace commun, les massifs d'arbustes offraient un havre de paix relaxant et naturel. Le climat océanique de la région berçait de ses douces températures en hiver et préservait des fortes chaleurs en été.

Je comptais des collègues parmi mes amis, bien sûr. Etant donné le temps

passé à la clinique, il aurait été surprenant qu'il en fût différemment.
Mais je mettais aussi liée d'amitié avec une partenaire d'équitation, Delphine.
Nous contemplions les immenses plages normandes lors de nos échappées équestres. Je n'étais jamais montée à cheval avant mon installation dans la station balnéaire. Delphine m'avait convaincue d'essayer.
– Tu vas voir, il n'y a rien de plus beau que de contempler un coucher de soleil sur la mer, avec le bruit du sable sous les sabots. C'est tellement reposant. On oublie tout.
Elle était fleuriste dans le centre-ville. Sa boutique renfermait toutes les odeurs du printemps y compris en saison hivernale.
Un jour de tempête, alors que je m'apprêtais à rentrer chez moi après une nuit de garde, je passais devant sa devanture. Une envie irrésistible de me faire plaisir en m'achetant un bouquet de fleurs m'avait faite entrer.
– Bonjour madame.
– Pourriez-vous me préparer un bouquet, s'il vous plaît ?
– Avec plaisir. Donc c'est pour vous. Avez-vous des couleurs de prédilection ?
– Je vous laisse choisir.

Et devant moi, Delphine confectionna un somptueux bouquet avec deux variétés de gerberas jaunes, rouge-orangé, des hortensias, cinq roses jaunes, du lierre et des fougères.
- Vous pouvez me mettre aussi ces pivoines rose fuchsia ? Leur éclat attire l'œil.
- Votre logement vous apparaîtra plus ensoleillé, vous verrez. Les fleurs, ça change la vie. Voilà : 25 Francs, s'il vous plaît. Je vous offre les pivoines.
- C'est très gentil à vous. Merci beaucoup.

A partir de cette date, je décidai de m'offrir un rayon de soleil permanent en allant régulièrement chez ma fleuriste attitrée. Au fil du temps et des brindilles, nous échangions nos impressions sur les évènements de l'actualité, l'apparition du sida, la création des restos du cœur par Coluche...
Et simplement du vouvoiement, nous passâmes au tutoiement.

- Tu es disponible samedi en soirée, Anna ?
- Oui, j'ai mon week-end pour une fois.
- Ça te dirait d'aller prendre un apéritif après la fermeture ?

- D'accord, on se retrouve au bar du Casino à 20 heures.
- Parfait. A samedi alors.

Le samedi suivant, j'attendais Delphine assise à une table face à la mer. La quiétude de cette soirée de septembre avec le son des vagues mourant sur la plage me berçait. Je songeais à cette existence paisible que j'avais, le bonheur de vivre à cet instant précis.

- Coucou Anna !

Je sursautai à son arrivée.

- Je t'ai fait peur ? Désolée.
- Ce n'est rien. J'étais un peu songeuse.

Nous commandâmes deux verres de vin blanc.

- Tu pensais à quoi ?
- Oh, une mise au point brève. J'ai la chance d'être entourée de personnes qui comptent pour moi et auxquelles je tiens...
- Mais ...
- Mais, parfois je sens un peu le poids de la solitude. Mes échecs amoureux, que j'ai souvent provoqués, je le concède, me pèsent par moment.
- Ouh là, là, un brin de nostalgie alors...c'est Marcel Proust qui te rend visite de là-haut ?

Delphine leva les yeux vers le ciel bleu indigo.

« Ou c'est un week-end face à moi-même... » pensai-je.
- Bon, allez, je suis là et un plus un ça fait bien deux, non ?
- A ce propos, la clinique organise une fête le 1er octobre. Je n'ai pas envie d'y aller si je ne suis pas accompagnée. Tu ne voudrais pas venir avec moi ?
- Mais tu seras avec tes confrères...Vous serez entre vous.
- Justement, j'aimerais m'évader un peu de l'ambiance médicale pour une fois. Ce sera cocktails, petits fours, robes de soirée et smokings.
- OK. Tu m'as convaincue. Je te suivrais. Après tout, je suis aussi un cœur à prendre, on ne sait jamais.
Le soleil était couché depuis longtemps quand nous en fîmes autant.

Arriva le 1er octobre.

Ma robe noire sobre, décolletée dans le dos m'avait coutée une après-midi de shopping. Sans oublier les chaussures assorties.
- Quelle élégance, Anna. Ce collier et ses perles, avec tes yeux...tu es magnifique !
- Merci Delphine, et toi, tu es aussi pétillante que tes fleurs avec ces bijoux et cette robe rouge. Tu es certaine que la

fente sur le pan gauche n'est pas un peu trop...fendue ?
- Taratata, ce soir je m'amuse. Pardon, on s'amuse.
- Enfin, je connais beaucoup de monde là-bas, ne l'oublie pas.
- Ne t'en fais pas. Je compte en profiter mais resterai digne et distinguée.

Le directeur de la clinique avait réservé pour cette occasion, une des villas Belle Epoque appelée maison de maître dont l'architecture me laissa bouche-bée : façade multicolore, balcon ouvragé, mosaïques. Un chef d'œuvre.
Je présentai mon coupon d'invitation et nous entrâmes dans le hall.
Le but de ces festivités était de prévaloir les compétences du personnel de la clinique à la bourgeoisie cabourgeaise. J'étais bien loin de ma campagne elbeuvienne et de ses pommiers.
La présence de Delphine me rassurait.

Un homme s'approcha de nous et me tendit la main.
- Bonsoir, je suis le professeur Omeri. Le nouveau chirurgien plasticien de la clinique. Vous, vous n'aurez pas besoin de mes services.

Il s'adressait à moi en me transperçant de ses yeux aigue-marine. J'en fus mal à l'aise.
Delphine vint à ma rescousse.
- Bonsoir, Delphine, et lui tendit la main à son tour.
Il tourna la tête dans sa direction.
- Puis-je vous proposer du champagne ?
- Nous venons d'arriver. Merci bien.
- Je reviens.
Et deux minutes plus tard, il nous apporta deux coupes et des canapés.
- Vous faîtes le service ? ironisai-je
- C'est un plaisir, me répondit-il
Un des médecins de mon service m'interpella.
- Anna, je vois que vous avez fait la connaissance de notre ponte de la chirurgie esthétique. Mais je dois vous l'emprunter. Viens Jean, notre directeur général te cherche.

Le professeur Omeri s'éloigna et Delphine me souffla à l'oreille :
- Je n'aime pas ses yeux ni son sourire. Tu devras te méfier de lui, à mon avis.

Delphine aurait-elle eu des dons de voyance ?...

CHAPITRE 45

La détermination du directeur permit à la clinique de se développer et notamment dans le service récemment créé par le professeur Jean Omeri.
Mais ce succès ne m'impactait pas jusqu'au jour où le directeur décida le remaniement des divers pôles médicaux. Il me convoqua environ six mois après ma rencontre avec le Pr Omeri. Je me rendis à son bureau avec une boule au ventre que je ne m'expliquais pas.
- Bonjour M. le Directeur.
- Bonjour Melle Gardian. Asseyez-vous je vous en prie. Voilà, vous êtes au courant que face à l'extension de la

clinique, je dois procéder à des modifications quant à l'organisation globale.
Je gardai le silence. Toujours avec cette appréhension ancrée.
– Vous êtes un très bon élément, Melle Gardian et je n'ai jamais eu à me plaindre de vos décisions sur la gestion de vos infirmiers depuis que vous exercez chez nous et cela fait bientôt quinze ans.
Aucune réponse ne put sortir de ma bouche. J'attendais la suite.
Le directeur enchaîna :
– C'est pourquoi, le professeur Omeri aimerait que vous intégriez sa brigade pour reprendre sa propre énonciation. Sa réputation vous procurera une revalorisation de votre carrière, Melle Gardian. Je dois vous avouer qu'il m'en parle depuis votre entrevue en octobre dernier.
– Ah je suis flattée, finis-je par articuler restant néanmoins dubitative. Une voix intérieure me disait que la nouvelle cachait une volteface voire un danger.
– Vous commencez dans deux semaines.
– C'est un peu court pour me retourner et préparer ma ou mon successeur, Monsieur le Directeur.
– Ça va aller Melle Gardian. Le Professeur Omeri veut vous avoir le plus

rapidement possible. J'ai donc déjà désigné votre remplaçant : Gérald Dumon.

- J'en suis heureuse pour Gérald. Il mérite cette promotion.

J'étais sincère mais n'étais pas convaincue qu'il en était de même pour mon propre cas.

Travailler dans le domaine de la chirurgie esthétique n'allait pas dans le sens de ma vocation première. Je me rassurais en pensant aux brûlés gravement atteints ou aux malheureuses victimes du cancer du sein que la médecine réparatrice redonnait espoir en la vie.

Quinze jours passèrent et je me présentai à la secrétaire du Pr. Omeri.

Elle m'accueillit avec politesse, sans chaleur. Je ne m'attendais pas à un tapis rouge mais je perçus une inquiétude dans son attitude.

Je ne compris pas pourquoi à cet instant.

Elle frappa à la porte du chirurgien.

- Oui ? le ton n'était pas agréable, à la limite de l'agressivité.

- Professeur, Melle Gardian est là.

- Ah oui, très bien. Faîtes-la entrer.

Le ton avait changé mais cela ne me rassura pas pour autant.

Il se leva de son fauteuil pour me saluer et me désigna la chaise face à lui.
– Je suis très content enfin de vous avoir parmi nous. Vous m'assisterez aujourd'hui dans mes consultations. Après je vous présenterai aux autres.

Son regard toujours aussi perçant me donna des frissons dans le dos. Le bleu presque transparent de ses yeux lui donnait une expression étrange quasi bestiale.

CHAPITRE 46

Cela faisait seulement deux mois que j'exerçais auprès du Pr.Omeri et pourtant cela me paraissait une éternité. On ne pouvait pas dire que l'ambiance était détendue. La dureté du quotidien pesait sur le moral des troupes et un sas de décompression était nécessaire pour faire face. Cette bouffée d'oxygène, le professeur ne la tolérait pas. Chacun donnait son maximum mais cela n'était jamais suffisant. Son perfectionnisme frisait l'arrogance. Ses remarques incessantes sur nos performances sous-entendaient un sexisme exacerbé.

– Vous pensez pouvoir gérer le problème, je veux dire en tant que femme…
ou alors :
– je m'étonne qu'une femme ait autant de cervelle...
voire pire :
– les femmes je ne les apprécie que sur mon ventre, pas sur mon dos...

Ces propos me révoltaient et je finis par le provoquer, après une réunion hebdomadaire.
– Professeur, si la présence de la gent féminine au sein de votre équipe de collaborateurs vous est si insupportable, pourquoi avoir demandé au directeur que j'en fasse partie ?
– Vos jambes sont agréables à regarder.
Je pris cette réponse comme une gifle en pleine figure. Je sentis la colère montée en moi. Un sourire narquois se dessina sur sa bouche pincée.
– Il ne tient qu'à vous que tout se passe dans les meilleures conditions.
– Que voulez-vous insinuer ?
– Voyons, ne vous faites pas plus idiote que vous n'êtes Anna...
– Je ne consentirai pas à être traitée de la sorte ! lui répliquai-je.
– Sinon quoi ? Vous vous adresserez au directeur ? Mieux vous démissionnerez ?

Allons, soyez raisonnable. Travaillons ensemble pour nos patients.

Sur ces mots, il s'approcha de moi tellement près que je sentis le souffle de son haleine sur ma nuque.
Je m'écartai et sortis de son bureau. Les mots de Delphine lors de la réception à l'automne précédent me revinrent en mémoire. Oui, je devais être vigilante face à ce personnage.
Mais je n'avais pas compris jusqu'où cet homme était déterminé à aller pour assouvir ses caprices.

Une semaine après cette altercation, un blessé fut admis dans notre service. Suite à un accident de voiture, son visage avait été ouvert sur tout le flanc gauche du milieu du front au bas de la joue, en passant malheureusement par son œil. Ce dernier était perdu, hélas, mais nous devions empêcher la paralysie faciale. Après avoir examiné l'IRM et pris des mesures avec le craniomètre, le Pr. Omeri décida d'opérer dès le lendemain.
- Vous m'assisterez Anna avec deux autres infirmières.
- Bien professeur.
Toutes les étapes d'une telle intervention s'avéraient délicates : du remodelage, au

transfert de muscles de la joue, en passant par la revascularisation. La concentration de tous les soignants était au summum.
Une simple erreur et le patient restait paralysé ou déformé à vie.
Avant de commencer toute opération, le professeur Omeri avait pour habitude d'exiger de la musique. Principalement le groupe AC/DC. Cela le stimulait, disait-il. Sa réputation n'étant plus à faire, personne ne s'y opposait.
Mais ce matin-là, il fut impossible de retrouver ses morceaux préférés du groupe de rock. Ainsi, quand il rentra dans le bloc opératoire, on entendait le chanteur de Nirvana en bruit de fond.
- C'est quoi ça ? interrogea le professeur ne cachant pas sa contrariété.
- Désolé professeur, nous n'avons pas AC/DC.
Après quelques secondes de silence :
- Bon, commençons. Prêts ?
Les quatre têtes y compris la mienne opinaient en hochement de confirmation, plus tendues que jamais. La mauvaise humeur du chirurgien était palpable.
Il donnait ses ordres à l'un, à l'autre, durant six heures. Je me tenais face à lui. Etape par étape, nous redonnions un faciès au patient.

- OK fermeture. Et mettez le sous morphine : 10 mg par intraveineuse. Vous supervisez Anna ?
- Bien sûr professeur.
- Très bien, dit-il en passant à côté de moi.
Je sentis au même instant sa main sur le bas de mon dos. Personne ne pouvait remarquer ce geste, chacun étant occupé à sa tâche.
Je me retournai et devinai son insolence derrière son masque.

Il quitta la salle.

Le lendemain, je fus appelée dès mon arrivée par la secrétaire du Pr.Omeri.
- Le professeur veut vous voir de toute urgence.
Etonnée, je raccrochai et longeai le long couloir qui séparait nos bureaux.
- Veuillez à ce que je ne sois pas dérangé, ordonna-t-il à sa secrétaire. Il me fit signe de m'avancer.
- Que s'est-il passé hier après mon départ ?
- C'est à dire ?
- Je répète ma question : que s'est-il passé hier après mon départ ?
- Le malade a été recousu et nous lui avons administré la dose de morphine adéquate.

– Soit...
–10 mg.
– Vous en êtes certaine ? Comment se fait-il alors que notre malade ait fait un arrêt cardiaque dans la nuit ?
– Il est ...
– Non, il a été sauvé. Mais la situation reste préoccupante.
– Je ne sais pas quoi vous dire ...
– C'est un peu faible comme défense, Melle Gardian.
Je ne comprenais pas. Je savais que j'avais dosé moi-même l'antidouleur. Avais-je bien noté l'heure de la 1ère injection afin que l'infirmière de nuit puisse respecter le délai avant la seconde ? J'avais été contrariée par le geste déplacé du professeur, mais de là à commettre une erreur de débutante ?
Le Pr Omeri ne me laissa pas le temps d'approfondir mes réflexions. Il reprit la parole avec une intonation inattendue.

– Le directeur m'a demandé de régler cette histoire avec vous, Anna. Vous vous doutez qu'une enquête suite à une plainte serait un désastre pour la clinique. Cependant, je peux être conciliant et faire un rapport qui ne vous soit pas défavorable.
– Comment cela ?

Il se leva de son fauteuil et s'assit de l'autre côté de la table. Il se trouva si proche, son pied frôlait ma jambe.
– Nous pourrions trouver un compromis, un arrangement tous les deux. Vous pourriez vous montrer très gentille avec moi et à mon niveau, je fais en sorte que vous ne soyez pas inquiétée.
– Coucher avec vous pour une erreur que je n'ai peut-être pas commise ! hors de question !
– Vous le dites vous-même : peut-être pas commise mais les faits sont là. Qui croyez-vous que le Directeur estimera et choisira de sacrifier, entre un chirurgien de ma renommée qui contribue fortement aux bénéfices de la clinique et une infirmière toute générale qu'elle soit.

Que m'arrivait-il ? Quel était ce chantage abject ?
Pourquoi moi ?

Il me fallait vérifier la fiche du patient que j'avais remplie la veille.
Je sortis dévastée et furieuse. J'entendis derrière moi le professeur criant :
– Décidez-vous vite !

A peine dix minutes plus tard, je consultai le dossier et retirai la feuille de

soins. La date et l'heure étaient inscrites mais je ne pouvais être coupable : l'heure avait été retranscrite en chiffres uniquement ; or je prenais toujours également la précaution de la répertorier en lettres afin d'avoir une double information pour mes collègues !
– Deux précautions valent mieux qu'une : conseil de Mathilde du CHU de Rouen que je n'avais cessé d'appliquer.

J'étais innocente ! Je ne pouvais pas le prouver mais moi je le savais !
Qui avait modifié ce renseignement si primordial ? Pourquoi ?

Une seule personne me venait à l'esprit et j'en connaissais la raison.

Peut-on être conduit à mettre en péril autrui par orgueil démesuré ?

CHAPITRE 47

Je ne voulais pas dormir. La ville était morne et tout était silencieux. Esprit libre mais pensées obscures.
Je me troublais, je me noyais. La Manche me faisait peur. Les vagues déferlaient et m'engloutissaient. Je m'accrochais au rocher de la vie.
La rue était déserte mais j'avançais sans relâche, sans me retourner. Les lampadaires m'éclairaient le chemin pas à pas. Leur lumière diffusait une couleur jaunâtre et perçait le brouillard. La brume du matin me donnait des frissons. J'avais froid, je grelottais.

Qui pourrait me réchauffer ? Qui pourrait me donner l'envie de poursuivre ?
Les faisceaux lumineux des réverbères s'estompèrent et peu à peu le jour fit place à la nuit. Il était temps.
J'étais partie de la clinique sans me retourner et j'avais marché, marché, marché...
Et je me retrouvai face au portail de ma résidence par miracle. Je montai les escaliers avec peine. Epuisée par cette journée sans fin.
Tout n'était que confusion en moi. J'ouvris la porte de mon appartement d'habitude si douillet.
Je ne le reconnaissais plus. J'ôtai mes chaussures, ma veste et me regardai dans la glace. Les traits fatigués, tirés. Quelques rides qui naissaient à l'approche de mes quarante ans. Ce visage que je ne prenais plus le temps de contempler. Que disait-il ?
Des souvenirs d'enfance. Je revoyais cette petite fille en pyjama à peine rentrée de l'école. Un jouet perdu, des cailloux qui blessaient, une chute et du mercure au chrome... Une terrasse avec des fourmis rouges qui piquaient, des géraniums dont les pétales tachaient mes mains si je les ramassais. Une maison avec un jardin, un toboggan et des pommiers.

Une petite fille au milieu de tout ça. Perdue. Une petite fille dans une grande maison. J'avais l'impression de n'avoir pas grandi. Je me sentais horriblement seule, vulnérable.
J'avais perdu ma raison d'être. *

Deux jours s'écoulèrent durant lesquels je ne donnais signe de vie : ni à la clinique, ni à mes parents, ni à mes amis. Plongée dans le noir, je ne me levais que par nécessité hygiénique et biologique.

Le téléphone était débranché. Delphine passa et sonna. Je ne lui répondis pas. J'étais égoïste.
Pas de télévision - Pas de radio - Le silence absolu - Le silence de mort.

Allais-je ressusciter, renaître de mes cendres, tel le phœnix ?

* Pascal Obispo.

CHAPITRE 48

J'avais trente-neuf ans et écrivais un nouveau chapitre de mon existence.
Après quarante-huit heures lancinantes, cauchemardesques, je sortis de ma léthargie. Une vieille coupure de journal avait attiré mon attention, cachée sous une pile de magazines laissés dans un coin de mon salon.
L'article qui bouleversa mon avenir ne contenait pas cinq lignes.
Mais quand je les lus, il y eut une explosion au plus profond de mon être.
Un feu d'artifices - Des milliers d'étincelles.

Je me levai brusquement, envahie d'une énergie incontrôlable.
Etais-je devenue folle ? Non, jamais aussi lucide.
J'écrivis ma lettre de démission. Ma décision était sans appel : fini la clinique, le professeur Omeri et ses critiques acerbes, adieu le confort matériel et l'aisance financière de ces dernières années.
Je téléphonai à Delphine.
- Delphine, c'est moi
- Ah, une revenante ! Alors, tu ne m'as pas oubliée ?
- Pardonne-moi. Je vais t'expliquer. C'est d'ailleurs la raison de mon appel. On peut se voir quand tu veux
- Ah ? oui, certainement. Demain vers 17 heures si tu es libre ?
- Libre, je le suis, répondis-je avec un brin de mystère.

Le jour suivant, j'attendais Delphine à notre terrasse devenue habituelle depuis notre première sortie. La marée basse laissait ses traces sur le sable mouillé. Mais dans plusieurs heures, toute cette étendue serait à nouveau recouverte. La nature offrait cet éternel recommencement.

Nous nous embrassâmes sur les joues. Deux bises selon la tradition normande.
– Comment vas-tu ? me demanda Delphine
– Ça va. Ça va mieux en fait. Ce n'était pas la joie ces derniers jours...
– Que s'est-il passé ?
Je lui racontai mon intégration dans le service du Pr. Omeri, ses allusions incessantes, la pression permanente auprès de son personnel notamment féminin et pour terminer, ses menaces.
Je lui expliquai également mon incapacité à prouver mon innocence quant aux éléments reprochés.
– Je le savais ! Ah, je ne le sentais pas cet homme ! Je te l'avais dit, tu te souviens ?

Oh, oui ! Je m'en souvenais mais le mal était déjà dans la place et je m'étais retrouvée piégée par ce prédateur.
– Que vas-tu faire ?
– J'ai envoyé un courrier à ma direction avant de te rejoindre cet après-midi.
– Oui ? ...
Delphine s'attendait au pire, je le voyais bien.
Je mis fin au suspense.
– Ma lettre de démission.
– Quoi !? mais c'est lui qui gagne, dans ce cas ! Tu dois rester et te battre !

- Non, je préfère combattre une autre cause
Je lui montrai l'extrait du journal :

La Croix Rouge a besoin de soignants au Sénégal, à Dakar. Aidez-nous à les aider.

Une photo avec une femme tenant son enfant complétait l'encadré dans le coin à droite du communiqué, et dessous apparaissaient les coordonnées de l'organisme humanitaire.
Delphine releva les yeux et me fixa.

- Je serai plus utile là-bas. Je ne supporte plus de vivre dans l'opulence alors qu'à moins de huit heures d'avion des peuples vivent dans la misère.
- Mais tes parents, moi ? Tu laisses tout tomber sur un coup de tête ! Réfléchis Anna. C'est une décision lourde de conséquences. Tu peux t'expliquer avec le directeur de la clinique. Il va t'écouter, j'en suis certaine. Il t'apprécie selon tes propres termes.
- Il apprécie mon travail mais la solidarité masculine et la peur des retombées si de tels agissements étaient connus, vont l'emporter. Le monde est ainsi fait

Delphine. Mais tu as raison sur un point : je vais tout lui raconter. En abandonnant mon poste, j'ai retrouvé ma liberté et dignité - Je me perds si je reste là.
C'est pour ça que j'irai là-bas. *

A chacun son renouveau vital.

Nous nous prîmes la main et j'ajoutai :
– Je reviendrai voir mes parents et toi aussi. Il me faudra du temps mais je reviendrai.
– Tu vas me manquer. Qui m'accompagnera désormais sur les plages et écoutera mes histoires de déboires amoureux ?
– Tu as Caliçon, lui répliquai-je avec un faible sourire et une larme au coin de l'œil.
– Tu parles, un cheval comme confident. Ça va être plus compliqué pour dialoguer.

Je me levai et l'embrassai une dernière fois tendrement.

* Jean-Jacques Goldman.

Quand se lèvent les premières lueurs
Sur Trouville, Cabourg ou Honfleur,
Ta côte Fleurie,
De tes multiples splendeurs
A jamais nous ravit.

Tes douces étendues de galets
Où se nichent tant de secrets
Chère côte d'Albâtre
Pays de notre voleur préféré,
Etretat est son théâtre.

De dunes sauvages en plages sans fin
Ferais-tu de l'ombre au Cotentin ?
Toi, côte de Nacre
Qui ne peut oublier ton sombre destin
D'Omaha Beach et ses massacres.

Tel un colosse de pierre
Sa Majesté protège ta baie légendaire
J'ai nommé le Mont Saint Michel
Ecrin au milieu de la mer
Tu nous offres ton joyau éternel*.

* " Ma Normandie "

CHAPITRE 49

Dakar, l'océan Atlantique, Saint-Louis : mon envolée africaine.

Je scrutais l'horizon à travers le hublot de l'avion et le film de ces derniers jours en Normandie remontait à la surface.
D'abord mon entrevue avec le directeur de la clinique qui prit la peine de m'écouter sans m'interrompre jusqu'au terme de mon récit. Je pus lire la déception sur son visage de me voir partir mais aussi l'incrédulité lorsque je lui fis part de mon témoignage accablant sur le comportement machiste et irresponsable de son professeur

"préféré ". Après de longues minutes, il prit la parole :
- Ma chère Anna, vous auriez dû m'en faire part plus tôt, avant que cela ne dégénère de la sorte.
- Quelles preuves vous aurais-je apportées ? Et même maintenant, vous n'avez que mes dires que je vous soumets car je m'en vais. Je tenais à ce que vous sachiez la véritable raison de mon départ.
- Je vais essayer de ne pas en rester là, Anna. Vous m'avez sous-estimé et je le regrette. Je ne tolérerai pas qu'un homme tout compétent qu'il soit, sème la terreur ici. Si j'arrive à obtenir d'autres dépositions, je ferai valoir l'ordre des médecins.
- Au moins, si cette histoire peut servir à l'arrêter, j'en serai heureuse.
- Oui, mais pour cela, vos propos par écrit seront nécessaires, si je dois monter un compte-rendu solide.
- Très bien. Je vous rédige une attestation y compris la justification de mon innocence.

La visite chez mes parents fut encore plus douloureuse. Mon père, désormais à la retraite, ne comprit pas mon éloignement si prompt et surtout sur un autre continent.

– Quel besoin as-tu de t'exiler autant ? Ça veut dire quoi pour te retrouver ? Tu as un bel avenir et tu veux tout remettre en question ?
Je sentis la rage en lui autant que la peine. Le chagrin de ma mère pesa davantage par son silence.
– Nous ne sommes plus si jeunes, me murmura-t-elle sur le pas de la porte alors que je les quittais.
« Moi non plus. » pensai-je.
Il me fallait vivre ma vie telle que je l'entendais et lui donner un sens.

C'était une évidence ; c'était mon évidence.

J'avais donc fait mes bagages, libéré mon logement en laissant deux mois de loyer d'avance au propriétaire et sans me retourner pris le train pour Paris.

Paris-Dakar : à chacun son épopée.
Je parcourais les revues distribuées dans le hall d'embarquement à Roissy Charles de Gaulle.
Le Sénégal, pays trois fois plus petit que la France avec ses animaux sauvages, son fleuve nourricier, son désert, sa culture, ses ethnies, ses villages, ses contrastes n'était plus qu'à trois heures de vol, à

peine. Nous survolions la splendide méditerranée selon les indications de trajet.
Dès le débarquement, je devais me rendre à la gare de Dakar. Un des membres du dispensaire m'y attendait. Le site de la Croix Rouge avait été installé à trente kilomètres de la ville, en périphérie.

- Mesdames, Messieurs, notre appareil amorce dès à présent sa descente sur Dakar. Nous vous invitons à rejoindre vos sièges et attacher vos ceintures en vue de notre atterrissage prévu dans quinze minutes, annonça l'hôtesse de l'air dans les haut-parleurs.

Voilà, on y était : ma nouvelle vie commençait ici...
En sortant de l'aéroport, le soleil de plomb et la chaleur me surprirent. Finie la fraîcheur normande !
Arrivée à la gare de Dakar, je ne pus qu'entrevoir ce monument orné de mosaïques. Une jeune femme portant un écriteau avec mon nom inscrit, se tenait au bout du couloir.

- Bonjour, je suis Melle Gardian.
- Bonjour, moi c'est Khady. Bienvenue au Sénégal.

CHAPITRE 50

Mon installation en Afrique fût très rapide.

Je partageais ma cabane avec Khady et deux autres aides-soignantes sénégalaises.
Les présentations faites, je me mis au travail immédiatement. Khady m'expliqua que le médecin ne pouvait venir tous les jours car il supervisait plusieurs camps dans le Nord du pays. Le nôtre par sa proximité avec la capitale était l'un des plus grands. Néanmoins, les moyens restaient insuffisants. Il nous fallait vacciner les enfants,

gérer les blessures chroniques, les accouchements et prendre soin des ainés. Un concentré de vie.
Le cas échéant, nous devions nous rendre dans les villages voisins en taxi-brousse quand les habitants malades ne pouvaient se déplacer. Nous avions ainsi l'occasion d'apporter du matériel de première nécessité. L'hospitalité des ethnies Wolof ou Peul nous réchauffait le cœur, par leur partage de plats traditionnels, le yassa de poulet ou le thiéboudienne. Quand les soins suscitaient que nous restions la nuit, nous étions invités à partager une de leur case en terre coiffée de leur toit en paille. Malgré l'anxiété relative à notre visite, la musique, la danse et le chant accompagnaient nos soirées. Khady me suivait dans ces expéditions et me servait de guide. Elle aimait évoquer l'art de confectionner les vêtements et accessoires en wax, sorte de coton ciré. Les boubous des femmes aux couleurs chatoyantes illuminaient ce paysage africain.

De retour au dispensaire, ma fonction résidait aussi à notifier mes déplacements et évolutions possibles des pathologies. Ces constats devaient permettre d'établir

des solutions dans un avenir plus ou moins lointain.
L'apparition du Sida bouleversa le monde entier mais le virus toucha singulièrement l'Afrique et ses peuples.
Notre contribution s'avéra bien dérisoire face à ce fléau.
Khady vit l'un de ses cousins mourir du VIH, impuissante.
- Il était si jeune, Anna, me confia-t-elle lors d'une veillée après avoir rejoint notre habitation.
- Je sais Khady. Le docteur Durois aurait aimé faire plus, vous le savez bien.
- Oh oui, je le sais. C'est injuste, c'est tout. Il était si brave, vous savez. Il rêvait de devenir footballeur professionnel. Il en était capable. Son entraineur était confiant. Il le lui avait dit.
Ce soir-là, pas de fête ni de rires dans le camp. Tout le monde respectait la douleur de Khady.

Paradoxalement, nous vivions également de grands instants de bonheur grâce aux enfants. La grande proportion que représentait la jeunesse sénégalaise apportait son lot d'espoir pour le dynamisme du pays. Il ne fallait pas baisser les bras.

Chaque don nous permettait d'étendre la vaccination de ces filles et garçons, notamment dans les régions les plus retirées, aux bords du fleuve Sénégal et aux portes du Sahel.
Leur douce figure d'innocence, leur sourire étaient notre récompense, malgré une grimace succincte lors de la piqûre.

Tous les bambins de la planète restent semblables, sensibles aux peurs, aux joies similaires dans des environnements parfois pourtant si opposés.

Je ne me doutais pas encore que ces enfants contribueraient à bouleverser mon destin.

CHAPITRE 51

Mon engagement total m'octroyait néanmoins le loisir d'explorer Dakar et ses alentours. Je faisais part de mes escapades à Delphine au travers de mes lettres :

Le 8 novembre,

Ma chère Delphine,
J'espère que tu te portes bien. Le courrier arrive difficilement dans nos contrées lointaines, mais je garde l'espoir que tu recevras mes missives. Je les posterai de Dakar dès que j'en aurai l'occasion.

La vie, ici, est un peu hors du temps. J'ai perdu la notion de régularité. Je ne te décrirai pas la misère dans laquelle vivent les Sénégalais. Tu t'en doutes. A l'heure des ordinateurs, comment te parler du manque d'électricité dans les villages ? Pire, des obstacles à surmonter pour les approvisionnements en eau potable quand leur seul horizon est le désert ?
Non, je préfère te raconter ces moments précieux où musique mbalax et danses se mêlent, et ainsi te faire entendre par mon récit le son du n'tama ou djembé.
On m'appelle déjà…J'ai profité d'un instant de répit mais je dois te quitter.
Porte-toi bien ma chère Delphine et ne t'inquiète pas pour moi. J'ai trouvé mon refuge. Anna.

Le 12 février,

Ma chère Delphine,
Je n'ai pas pu aller à Dakar le mois dernier. Mais je prévois une visite prochainement et je pourrai enfin déposer ces deux lettres et acheter une carte touristique pour mes parents. Je ne les oublie pas. J'aimerais tellement qu'ils comprennent que je ressens mon utilité ici. J'apprends l'humilité sur ce continent. Je pense vraiment que chacun devrait y séjourner pour retrouver l'humain, l'entre-aide, la bravoure, le fruit du travail.

J'aime me rendre au marché local et observer la fierté des pêcheurs pour vendre leurs poissons ramenés au petit matin. Les femmes déambulent dans les ruelles avec des paniers remplis de bananes ou épices sur la tête.
Tu verrais aussi leurs camions ! Ils sont capables de transporter un chargement plus haut que les véhicules eux-mêmes ! Je me demande si tout arrive bien à destination !? A chaque venue dans les villages au milieu de la brousse, je m'étonne davantage, en croisant les carrioles à cheval fabriquées manuellement ou en lisant sur une case :
Ici coiffeur extraordinaire
Le Sénégal, c'est aussi des couleurs et des endroits merveilleux que Khady, une de nos assistantes, me propose de visiter lors de nos prochains jours de congés.
Je te dis donc à bientôt en espérant que ces nouvelles épistolaires te parviennent.
Ton amie Anna.

Le 5 mai,

Ma Delphine,
Je t'ai laissée ces derniers mois mais la cadence au camp a été intense en cette fin de saison sèche. Nous attendons tous la saison des pluies avec impatience.

As-tu bien reçu mes précédentes lettres ? Je les ai confiées au Dr. Durois qui s'est rendu à la capitale.
Comme promis, j'ai parcouru avec Khady la côte de Dakar, surnommée la Corniche, qui offre son lot d'éblouissements par ses hauts rochers ocres et le vert de l'océan Atlantique. Les pirogues des pêcheurs, en bois de fromager ou baobab, à la silhouette effilée et motifs bariolés, s'alignent en rang serré le long des berges. Nous nous sommes aventurées jusqu'au lac Retba, appelé le lac rose. Il doit son nom à ses micro-organismes et sels minéraux, qui teintent ses eaux du rosé au mauve selon la clarté du jour.
Elévation de l'âme au coucher du soleil.
Tu vois, même à des milliers de kilomètres, je reste romantique !
Je dois accompagner le Dr. Durois lors de la prochaine expédition à Dakar. Rien à voir avec le romantisme précédemment cité ! Je devine ton air narquois...
Non, le Dr. Durois est charmant mais doit avoir au moins dix années de plus que papa ! Son dévouement n'en est que plus courageux.
A propos de mon père, quelle a été sa réaction face à ma carte ? Je l'imagine bougonnant et ne souhaitant surtout pas dévoiler à ma mère sa satisfaction.
Prends soin de toi ma chère Delphine. Anna.

Le 20 juillet,

Enfin la pluie, ma Delphine !! Je n'aurais jamais pensé me réjouir devant autant de précipitations. L'eau c'est la vie. On n'en a plus conscience en France. On a perdu l'authenticité. Grâce à tes fleurs, tu la rapportes, à ta manière. L'humanité a besoin de personnes comme toi, Delphine. Tu embellis le monde.
Voilà, c'était ma minute nostalgie !...
Place maintenant à mes récentes découvertes. L'île de Gorée à vingt minutes en bateau. Cette localité tristement historique par son trafic d'esclaves pendant trois siècles, projette d'abriter comme pour une vengeance, le musée de la femme.
Plus légèrement, : l'île de Joal-Fadiouth. Ces deux villages sont extraordinaires par leurs sols entièrement couverts de coquillages. Pas de graviers, ni de sable ou petits cailloux : un immense tapis de coquillages. Décor irréel.
Je t'embrasse fort. Anna.

Par pudeur ou gêne, je n'avouais pas à Delphine que ces échappées me permettaient de supporter les frustrations dans la bataille face aux urgences sanitaires et la lutte contre la malnutrition.

CHAPITRE 52

Je poursuivis ma correspondance avec Delphine qui resta de la sorte, ma confidente. Il était plus aisé d'étaler les mots sur une feuille que de les exprimer oralement. J'aurais pu l'appeler ou téléphoner à mes parents lors de mes sorties à Dakar. Cependant, je ne me sentais pas prête à entendre leur voix et sans doute le soupçon de reproche mêlé. Il m'était plus facile de me cacher derrière le papier et de raturer les phrases trop explicites de ma mélancolie. Les cartes postales que j'envoyais à mes parents représentaient une solution encore plus

lâche. Je les empêchais, ainsi, de lire entre les lignes.
Je ne recevais aucune réponse. Ni d'eux, ni de Delphine. L'acheminement du courrier n'arrivait pas jusqu'à nous.
Pour Khady, mes collègues, le sentiment de contribuer à l'épanouissement de leurs concitoyens dépassait l'épreuve de la séparation avec leurs familles, restées au village.

La stabilité politique du Sénégal offrait un véritable atout mais ses faibles ressources naturelles poussaient le peuple à s'orienter vers les deux seuls générateurs de revenus : la pêche et le tourisme.
Notre action, lorsqu'elle s'extrapolait du cadre médical prenait tout son sens, face à l'importance de ces enjeux. A notre niveau, nous soignions les corps et pansions les maux intérieurs.
La bonne humeur de Khady et ses compatriotes m'étonnait chaque jour. Malgré le malheur qui pouvait frapper à leur porte, les moments festifs ne manquaient pas.
– Comment faites-vous Khady pour garder votre joie de vivre ? la questionnai-je après des heures considérablement angoissantes.

- Je ne sais pas Anna. C'est comme ça. Mon petit frère a l'habitude de dire que pleurer, ça lave le chagrin. Après, il faut le faire sécher avec précaution. Et il s'en va. Il m'arrive de pleurer mais j'essuie vite mes larmes pour que le bonheur revienne. Regardez dans ce pays, la pluie finit toujours par refaire son apparition.

J'écoutai les gouttes se déverser sur le sol déjà boueux en songeant aux propos de Khady. Se réjouir de recevoir l'eau du ciel : symbole de simplicité.

Reflet de ces hommes et femmes que j'avais l'honneur de côtoyer.

Nous étions tous attablés sous la tente de notre cantine en ce matin de fin Septembre. Et évènement exceptionnel pour être signifié : le Docteur Durois avait pu prolonger son passage et s'assit près de moi.

Il prit même la parole. L'instant sembla solennel.

Il le fût à ma grande surprise.

- Comme vous êtes tous présents et que nous bénéficions de cette pause dans nos occupations, je vous informe d'un changement. Même, s'il reste à corroborer par la personne concernée.

Il marqua un arrêt avant de continuer en lançant un regard circulaire à l'assemblée.

- J'ai pu constater le bon fonctionnement de votre équipe et vous en complimente. Malgré cela, un de vous, précisément l'une parmi vous, serait plus utile voire indispensable à Saint-Louis.
Nous l'écoutions respectueusement. Seul le clapotis sur le toit de notre bâtiment de fortune rompait le silence.
- Leur dispensaire a vu sa capacité d'accueil croître malheureusement et nous devons nommer une personne capable de le superviser. Je ne peux étendre davantage mes fonctions et la Croix Rouge m'a chargé de trouver une autre perle rare...
Face à nos mines quelque peu décontenancées, son brin d'humour nous décontracta.
Et il se tourna vers moi.
- ...Anna, accepteriez-vous de diriger le centre de Saint-Louis ? Votre expérience d'infirmière générale en France et votre année à nos côtés vont vous permettre de vous intégrer rapidement.
Je restai muette. Le Dr Durois haussa les sourcils et me fit signe qu'il escomptait une réponse.
- Euh..., oui bien sûr. J'en serais flattée. Mais j'aurais la sensation de les abandonner, déclarai-je en faisant un geste pour désigner mes partenaires.

- Tout d'abord, je suis certain qu'ils n'auront pas ce ressentiment...
Sur ces mots, il attendit l'approbation de son auditoire. Il l'obtint.
- ...ensuite, face à l'urgence du contexte à Saint-Louis, votre place est tout à fait justifiée. Quant à cet endroit, je m'engage à former au moins deux volontaires pour prendre le relais et qui me soulageront au quotidien.
- Quand devrais-je partir ?
- Dans trois jours au maximum. Il faut agir vite. Le bilan là-bas est préoccupant. Le VIH a engendré de nombreuses victimes.

La réunion se termina sur cette note attristante.

Mes affaires personnelles furent vite rassemblées. Hormis une statuette en bois d'ébène et un sac à dos en tissu achetés au marché Soumbédioune dans le quartier de la Médina de Dakar, mes principaux souvenirs demeuraient impalpables, spirituels.

Le jour de mon départ, Khady me prit dans ses bras, les yeux embués.
- Ce ne sera pas pareil sans vous, Anna.

– Merci Khady pour toutes ces émotions vécues ensemble, ma voix se cassa - merci de m'avoir ouverte à votre culture.

La communion unifie que si elle est perceptible des deux abords en amitié comme en amour.

De sourires en détresse,
De pleurs en allégresse,
Ton peuple, ta musique
Terre d'Afrique

De gazelles en guépards,
De Saint-Louis à Dakar,
Ton désert, tes tropiques
Terre d'Afrique

De mangrove en baobabs,
De pélicans aux crabes,
Ta faune, ta flore exotique
Terre d'Afrique

De pirogue en charrette,
De couleurs en palette,
Ton art, tes mosaïques
Terre d'Afrique. *

* " Terre d'Afrique "

CHAPITRE 53

J'avais quarante ans et m'apprêtais à vivre les plus merveilleuses années de mon existence.
Le trajet en car collectif aux dessins multicolores entre Dakar et Saint-Louis se révéla pittoresque. La route bordée de baobabs, semée d'embuches fut à elle seule une épopée. Je connaissais déjà la conduite extravagante des Sénégalais mais sur une distance de presque trois cents kilomètres, l'aventure devenait périlleuse. A chaque soubresaut, je priai pour que le véhicule ne bascula pas. Mes compagnons de route étaient d'humeur joyeuse et j'enviais leur optimisme.

Enfin arrivée à destination, je fus accueillie jovialement malgré les circonstances. La tradition sénégalaise était au rendez-vous.
Le dispensaire disposait de trois maisons mais leur aménagement n'était pas optimisé. Je décidai, par conséquent, dès le début de modifier leur agencement en hiérarchisant les soins et en nous concentrant sur l'essentiel pour chaque malade.
Je pris mes marques au bout d'une semaine. Le docteur Durois avait raison. Ma maturité représentait une force.

Ce fut dans cette conjoncture que je le rencontrai.

Il amenait un groupe d'enfants et leurs parents d'un village situé un peu plus au Nord. Il souhaitait les sensibiliser à ce mal qui pour eux, restait abstrait. Le virus du Sida était une pathologie parmi d'autres. Mais cet homme avait la foi pour leur communiquer la nécessité d'apprendre et de transmettre. La présence du chef du village présageait une grande confiance en cet homme occidental.
Je n'entendis pas sa voix mais celle des enfants en premier lieu.

Je perçus son trouble et m'en amusai. Pour être honnête, je ne fus pas non plus insensible à ce quadragénaire français.
Quand enfin il ouvrit la bouche, la tonalité grave et sensuelle de son timbre me bouleversa. Trop tard, je chavirai. J'imaginai Delphine se moquer de mon émoi.
Il m'expliqua qu'il avait établi une école dans ce village. Il avait de simples bancs et chaises en bois, le strict minimum pour leur apprendre à lire, à écrire. Il désirait offrir à l'ensemble de ces jeunes le droit à la scolarisation et à l'appréhension de leur environnement.
- Pourrions-nous venir régulièrement dans votre dispensaire ? Je pense que cette expérience ne pourra que leur apporter de la confiance en eux en vous aidant.
- Je n'y vois aucun souci. Leur soutien pourra soulager nos patients. Ils doivent respecter les règles d'hygiène, bien sûr, mais je suis entièrement d'accord sur le principe.
- Je vous remercie. Je ...enfin...
- Oui ?
- Ça me fera plaisir de vous revoir, Melle Gardian, finit-il par avouer.

- Plaisir réciproque, lui rétorquai-je sincèrement, non sans une pointe d'ironie.
Les mois qui suivirent furent ponctués par ces visites pédagogiques. Nos échanges verbaux se firent de plus en plus fréquents. Je le sentis moins distant. Il me parla de leur virée au Parc du Djoudj, célèbre pour ses espèces d'oiseaux protégées. Il profitait de ces loisirs pour initier les enfants à la faune africaine.
Khady m'avait dévoilé que la réserve de Guembeul proche de Saint-Louis abritait de nombreux animaux sauvages. Les cormorans, les tisserins au plumage jaune et noir, les merles métalliques à la robe verte, bleue et noire brillante au soleil y virevoltaient. Les singes rouges, les panthères, antilopes, gazelles y gambadaient librement observés par les alligators et tortues.

- Le Sénégal possède de nombreux parcs et réserves dans tout le pays. La plus proche est celle de Guembeul. Je pense qu'elle devrait les fasciner, lui confiai-je
- Très bonne idée. Le Chef m'octroie le libre-arbitre maintenant. Voudriez-vous nous accompagner ? m'interrogea-t-il.

- C'est très gentil de votre part. Je ne crois pas avoir le temps.
- Votre implication dans cet endroit est sans conteste mais vous devriez vous accorder un peu de repos et de distractions.
Je finis par céder. Son charme avait opéré. Je me sentais sereine en sa présence.
J'étais Meryl Streep dans " Out of Africa " et mon Robert Redford était brun. Plus je le voyais, plus le désir de le revoir augmentait. J'avais envie de me confier à lui. Je souhaitais qu'il fît pareil. Je ne pouvais nier la complicité qui naissait entre nous, mais je décelais une blessure enfouie en lui. Parfois, un voile sombre passait sur son regard profond.

Je compris que j'avais vu juste, le jour où il me demanda de téléphoner en France. Je l'orientai vers mon bureau où se trouvait l'appareil.

- Tout va bien ? m'inquiétai-je lorsqu'il revint vers moi.
- Oui, je voulais joindre ma mère. Cela faisait longtemps que je ne lui avais pas donné de nouvelles. Je me doutais qu'elle était anxieuse. J'ai pu la rassurer.
- Vous n'étiez pas prêt ?
- Comment l'avez-vous deviné ?

Je lui avouai mon ressentiment similaire et l'incapacité à trouver la ferveur d'un contact si proche avec les miens au début de mon séjour africain. Le temps avait effacé cette appréhension et j'appelais ponctuellement Delphine et mes parents dorénavant.
J'osai enfin lui poser la question qui me brûlait les lèvres :
- Pourquoi vivez-vous au Sénégal ?
- C'est une longue histoire. Je ne suis pas certain qu'elle vous intéresse.
- Et moi, je pense qu'elle est fascinante, votre histoire.
Son expression changea. J'avais devant moi un petit garçon. L'homme avait disparu.
Je me retins de le serrer contre ma poitrine. L'instinct maternel.

Il s'assit et débuta son récit :
- Je ne suis pas instituteur mais avocat. J'exerçais à Paris. Je gagnais ma vie et je la perdais. Je défendais des individus sans scrupules assoiffés de pouvoir et d'argent. Je leur ressemblais. Je me levais chaque matin obstiné par mon objectif. Je serrais ma cravate en soie sur ma chemise en coton haut de gamme et mon costume sur mesure, en me fixant dans le miroir sans aucune amertume. Un

nouveau jour - une nouvelle affaire - un nouveau jeu. Peu m'importaient les adversaires qui étaient escroqués ou se retrouvaient au chômage, ou dans un fauteuil roulant ...ou éteintes à jamais...
Il se mit à sangloter. Je ne bougeai pas. Il devait continuer pour lui, pour nous.
– Voilà, le gaillard que vous avez en face de vous, Anna. Vous sauvez des vies, j'en ai détruit. Une de vos consœurs a eu le malheur de croiser ma route et celle d'un de mes clients que j'avais trop bien défendu. Un violeur. Elle fût sa seconde victime. J'avais permis cette atrocité ! Ce dernier procès, je ne l'ai pas gagné. J'ai abandonné le combat. J'ai fui !

Il s'écroula.
Je ne pus le prendre dans mes bras.

CHAPITRE 54

Nous ne parlâmes plus de ses confidences durant de longues semaines. Nos yeux s'évitaient. Je ne pouvais me rapprocher d'un homme qui avait encouragé un pervers. Les souvenirs du comportement brutal du professeur Omeri resurgissaient dans ma mémoire. Certes, il ne m'avait pas frappé physiquement mais il m'avait brisée psychologiquement.
Pour moi, la profession d'avocat était aussi noble que celle de soignant. La défense de la dignité et de la liberté reflétait selon mes critères, le respect de soi.

Comment pouvait-on basculer à l'opposé de ces valeurs ? Que l'on soit un chirurgien ou un représentant de la loi, je ne comprenais pas que la partie obscure enfouie en chacun ait triomphé.

Alors que je m'apprêtais à effectuer ma ronde matinale auprès de nos malades, il s'approcha de moi.
- Anna, je vois bien que vous êtes devenue distante depuis mes explications. Je ne tire aucune fierté de mes erreurs passées. Je me suis perdu dans un monde infâme et orgueilleux.
Je détournai la tête mais le laissa poursuivre.
- Mon périple en voilier m'a conduit aux Caraïbes où j'ai réappris à apprécier la Terre, ses fruits. Mais la véritable leçon de vie, je l'ai reçue ici, au Sénégal. Ce peuple m'a tellement transmis. Je leur dois de leur apporter mon propre savoir, si faible soit-il.
- Vous pensez pouvoir vous racheter une conscience ?
Mon ton était hautain, cassant.
- Non. Je ne le mérite pas. Ce que je sais Anna, c'est qu'avec eux…et avec vous, je me sens apaisé. Parlez-moi, je vous en supplie Anna ! Vous avez le droit de me détester. Tout sauf cette indifférence !

Il me toucha le bras. Le contact de sa main me surprit.
- Oui, je vous en veux. Je nous sentais proches. Nous sommes deux opposés finalement. La violence envers les femmes est impardonnable et vous l'avez cautionnée.
- Et je le regrette chaque jour, croyez-moi Anna. Je ne peux revenir en arrière. Cependant, je peux construire mon avenir sur des bases neuves. J'ai vécu déjà la moitié de mon existence, je peux encore accomplir l'autre, la tête haute.

Il avait laissé ses doigts sur ma peau et je ne les avais pas ôtés.

- Et vous, Anna, pourquoi vivez-vous dans cet endroit ?
- Moi aussi, je me suis enfuie...
Je lui décrivis les raisons de mon départ.
- Ce professeur Omeri est un être abject !
- Pas plus qu'un avocat défendant un violeur !
Ma phrase lui fit l'effet d'un coup de poing et l'assomma. J'avançai vers le bâtiment voisin, le laissant seul.

Je passai la nuit suivante agitée, ne trouvant pas le sommeil. Je ressassai ses paroles, sa remise en question

radicale, mes souffrances, mes préjugés. J'éprouvais plus que de l'affection à son égard. Je ne pouvais le nier et il m'avait terriblement déçue. J'étais affligée.
Et moi, n'avais-je pas fait souffrir ceux que j'aimais en les quittant. N'avais-je pas été égoïste ?
En y réfléchissant, nos chemins n'étaient pas si distincts. Il y avait même une analogie. Il avait quitté la France à cause d'une infirmière souillée par un satyre. J'avais été confrontée aux machinations diaboliques d'un supérieur hiérarchique. Le hasard nous avait réunis à Saint-Louis, en Afrique.

Le lendemain au lever du soleil, épuisée par mes réflexions nocturnes, je pris l'unique voiture du dispensaire et suivit la route jusqu'à son village. C'était la première fois que je m'aventurais hors du camp sans passagers. L'instinct ou la chance me guidèrent.
Lorsque le Chef me vit, il ne parût pas étonné. Il m'indiqua d'un geste la case construite pour l'Européen.
Il était en train de se raser face à une minuscule glace accrochée au mur par un clou. Il était vêtu d'un simple bermuda beige. Il vit mon visage à l'entrée et se

hâta d'enfiler un t-shirt. Il avait encore de la mousse sur une joue.
- Anna ! ...
- Tous les héros possèdent leur mystère et leur faille.
- Je ne suis qu'un lâche, sûrement pas un héros.
- Pour ces enfants, je pense que si. Et pour moi, vous l'avez été.
- J'ai brisé l'image emblématique du sauveur, c'est ça ? Vous avez le droit de vous moquer. Je n'apporte rien. Leur culture est déjà ancrée, il suffit de la leur montrer. Anna, c'est vous et tous vos semblables qui êtes des héros.
- Je ne suis pas venue pour que vous me fassiez des éloges, ni des excuses d'ailleurs. Je crois que nous pourrions unir nos deux forces.
Nous nous avançâmes l'un vers l'autre et nous embrassâmes. Ce baiser fut timide puis devint fougueux, à l'instar de notre relation.

Tout s'enchaîna très vite. Il s'installa au camp avec moi et se procura un cyclomoteur. Au lieu de venir du village vers Saint-Louis, il fit le trajet inverse pour éduquer les jeunes villageois. La fréquence des allers-retours augmenta. Il vendit son voilier "L'Etoile" à des

touristes néerlandais non sans l'avoir au préalable utilisé comme instrument de pédagogie maritime auprès de ses élèves. Les quarante kilomètres qui le séparaient de son école, ne lui prenaient que trois quarts d'heure. Il se levait à l'aube car les cours commençaient tôt et me rejoignait en milieu d'après-midi. Les enfants grandissaient et s'instruisaient grâce à sa détermination et leur volonté. Il apprenait avec eux, avait-il l'habitude de dire.
– J'ai quarante-huit ans et je suis en plein apprentissage.

Nous nous sentions à notre place, chacun dans notre domaine. Nous partagions tous les aléas et déboires de nos occupations respectives.
Il s'enthousiasmait de la fougue des élèves. Je me désolais de la faible avancée des recherches dans la lutte contre le Sida. Mais nous étions deux et notre épaulement mutuel nous portait.

Pourtant, notre impuissance fût mise à rude épreuve une fois encore.

La lune éclaircissait de ses rayons lumineux le champ désertique qui nous entourait. Le ciel dépliait son rideau

étoilé. Nous profitions de ces minutes contemplatives.
Soudain, nous entendîmes un bruit de moteur qui approchait. Le Chef en personne conduisait la Jeep et nous faisait des signes.
- Je vous ai ramené Fatou et son mari. Ils sont au plus mal.
Nous les fîmes aussitôt entrer dans le bâtiment réservé aux soins d'urgence. Le diagnostic était malheureusement inéluctable. Le VIH avait encore frappé. Leur système immunitaire avait été attaqué et ne pouvait plus les protéger. Je savais dès cet instant qu'il était trop tard pour les soulager et impossible de les guérir. L'homme et la femme moururent devant nous à une heure d'intervalle.

Le Chef regagna sa communauté, accablé.

Fatou et Adama étaient les parents de six enfants dont deux adolescents demeurés au village. L'un d'eux ne pouvait se déplacer qu'avec deux béquilles, gravement blessé à la jambe droite par une panthère lors d'une chasse à l'antilope dans la brousse.
Je n'avais eu d'autre alternative que d'amputer le membre inférieur.

Les ainés étaient partis à Dakar et travaillaient sur les marchés afin de ne plus représenter une charge pour la famille. Ils subsistaient.

– C'est désespérant. Encore deux orphelins mineurs et dans les pires conditions.

Je ne pus retenir mes larmes, colère et peine entremêlées.

– On ne va pas les laisser tomber, Anna. Je te le promets. Je ne le consentirai pas.

– Et tu proposes quoi ? Qu'on les adopte ? clamai-je

Sa réponse jaillit :

– Pourquoi, pas ?!

CHAPITRE 55

Je restai incrédule. Je ne pouvais concevoir le bien-fondé de sa proposition.

- Tu n'es pas sérieux ?
- Plus que jamais. Je le dois. Je le lui dois.
- De qui parles-tu ? Je ne comprends pas. Je sais que tu es attaché à ces enfants et qu'un lien notable se tisse entre eux et toi au fil des ans. En revanche, la demande d'adoption, c'est autre chose. C'est un engagement sur un très long terme.
- Ce n'est pas ni à Adama junior ni à sa sœur que je le dois. Non, mais à une petite fille de huit ans dans un fauteuil roulant

tenant sa poupée. J'ai si bien plaidé pour l'auteur de l'accident qu'il n'a eu que six mois fermes contre des mois et des mois de douleurs pour elle. Je revois sa mine angélique et ses cheveux blonds éclairés par le soleil dans la salle du tribunal. Son père me scrutait avec haine. De nouveau, j'avais mis ma conscience au fond du placard et n'avais songé qu'à remporter le procès. Le chauffard était fautif car il conduisait beaucoup trop vite. Cet élément a été négligé par mes propos de défense et sa condamnation diminuée.

– Quelle injustice ! échappai-je horrifiée.

– Parfaitement. Je ne peux réparer celle que j'ai commise à cette époque. Le tragique destin d'Adama junior m'offre l'opportunité de lui tendre la main, lui et Mariama. Je veux la saisir. Si je n'agis pas, je les persécute une seconde fois, tous les deux. Ne te méprends Anna, ce n'est pas de la pitié, c'est un devoir.

– Je comprends et j'approuve.

– Merci ma chérie.

– Prendre un enfant par la main pour l'emmener vers demain, prendre un enfant pour le sien*...et lui montrer le chemin est une lourde responsabilité.

* Yves Duteil

Il fallait présenter notre décision aux orphelins. Nous vivions auprès d'eux depuis deux années. Mais accepter notre aide impliquait également des modifications radicales dans leur existence.

Nous les occidentalisions indirectement, même s'il n'était pas question de les arracher à leur entourage. Notre protection allait au-delà d'un apport financier. Avec son handicap, Adama junior ne pourrait subvenir à ses besoins aisément. Récolter le riz ou le mil, pêcher ne pouvaient être des activités envisageables dans son horizon. Nous leur procurions un toit et la possibilité de prolonger leurs études.

Le Chef appuya notre choix. Il savait la difficulté pour ces jeunes hors normes à trouver une place dans notre société qu'elle soit africaine ou européenne.

Adama junior et Mariama vinrent habiter avec nous. Ils restèrent en contact quotidien avec le village. Cette période d'essai s'avéra bénéfique pour chacun. Peu à peu, les deux adolescents retrouvèrent le sourire et participèrent aux festivités comme avant le drame.

Nous devions officialiser désormais l'adoption.
Pour ce faire, une précédente étape était nécessaire - Nous marier.

Nous partîmes pour Saint-Louis un beau matin de novembre.
Nous en profitâmes pour visiter l'ancienne capitale jusqu'en 1957 et flânèrent devant la cathédrale, la grande mosquée, le Palais de la Gouvernance. Nous admirâmes les patios fleuris des maisons aux murs ocres et volets bleus ou verts.
Le consul honoraire nous accueillit prestement, heureux de recevoir deux compatriotes pour un si bel évènement.
Ses attributions ne lui permettaient pas de célébrer notre mariage mais son intervention auprès des autorités locales et spécialement l'ambassade de France accéléra la procédure. Nous lui avions fait part de notre souhait d'adoption en parallèle.
Touché par notre récit et notre implication, l'ambassadeur donna tout pouvoir par procuration à son quasi-homologue à Saint-Louis.
Ainsi, de célibataires endurcis, nous nous retrouvâmes mariés et parents simultanément...

Notre retour fut célébré par le Chef qui nous fit l'honneur d'un discours. Nous fûmes très touchés par l'émotion et la sincérité de sa déclaration :

– Mes amis. Je suis expressément fier de vous connaître. Vous apportez, l'un et l'autre l'épanouissement, la sérénité au sein de ce village. La véridicité de votre dévotion n'est plus à démontrer. Je sais votre mission parfois ardue mais le découragement n'est jamais dans votre programme. Nous vous confions Adama junior et Mariama. Nous vous sommes reconnaissants de ne pas les séparer. Nous vous les confions et vous souhaitons tous les quatre, un grand bonheur.

Nos enfants adoptifs poussèrent des cris de joie. Des photos furent prises par un assistant infirmier, convié à cette cérémonie peu conventionnelle.
Nous regrettâmes que nos propres parents ne pussent participer à notre bonheur. Notre intention immédiate en retournant au dispensaire fut de leur téléphoner. Nous étions en paix après les terribles obstacles différents pour chacun de nous deux mais similaires dans leur finalité.

Les années passèrent à lutter contre la famine, les épidémies, la sécheresse, la pénurie de matériel médical comme éducatif.
Nos moyens dérisoires nous permirent, néanmoins, d'accomplir notre action. Nos efforts ne furent pas vains.
Nous guidions Adama et Mariama du mieux que nous pouvions. Ils devenaient des adultes respectueux et respectables.
Nous pûmes envoyer notre fille à l'université de droit de Dakar. Son ambition : devenir juge. Un certain désir de rétablir l'ordre.
Notre fils, lui, préféra s'orienter vers l'économie durable et solidaire. Les leçons environnementales de sa jeunesse, avaient bâti en lui les fondements et convictions essentielles à sa future carrière.
Malgré cette soif de liberté et de découverte, nos enfants évoquaient souvent la mort. Omniprésente sur ce continent, elle ne représentait pas un sujet tabou. La mort nous avait rassemblés. Nous l'abordions à plusieurs reprises notamment à la disparition de mon père. Je n'étais pas retournée en Normandie et son décès fut un choc. Comble de l'ironie, Adama Junior et Mariama me réconfortèrent. Qui mieux qu'eux pouvait

comprendre ? Je devenais à mon tour orpheline d'un parent.
Pourtant, je côtoyais cet univers macabre régulièrement par ma profession. Certains patients me faisaient part de leur ressenti.
- Je n'ai pas peur de mourir. On m'attend là-bas. L'agonie, elle, m'angoisse. Je veux partir vite, dans un souffle, m'avait confié une mourante avant de s'éteindre.
Son vœu fut exhaussé.
Notre tour viendrait inexorablement. Nous vieillissions nous aussi.
Lorsque je me coiffais dans notre chambre, mon mari m'observait.
- Tu es toujours aussi séduisante. Le gris de tes cheveux met en valeur tes beaux yeux émeraudes.
Il m'embrassait tendrement dans le cou.
Nos visages changeaient et nos corps se fatiguaient. La vie en Afrique était rude par son climat, sa pauvreté, sa vulnérabilité. Il fallait être né dans ce pays pour y survivre.

J'avais soixante ans ; n'était-il pas temps de rentrer en France ?

CHAPITRE 56

– Anna, Anna... ?

Tarah secoue doucement celle qui fut Anna Gardian. La vieille dame s'est assoupie.

Tarah regarde sa montre : 22 heures.

« Il est temps d'aller dormir, moi aussi. » pense-t-elle.

Lentement, elle ferme la porte de la chambre et quitte l'hôpital. Les mémoires de cette aventurière, de surcroît infirmière comme elle la passionne. A chaque garde depuis une semaine, l'ancienne aide-soignante lui racontait pendant dix minutes un épisode de son passé normand puis sénégalais. Aujourd'hui, elle a profité de ce jour de congé pour venir écouter la suite de sa narration.

Minuit. Tarah ne trouve pas le sommeil. Elle se retourne sans cesse dans son lit. Elle se répète en boucle le dernier volet du roman de l'octogénaire.
Une petite fille dans un palais de justice. Un fauteuil roulant. Nos destins se seraient-ils croisés ?
Est-ce la raison pour laquelle, elle est fascinée par cette femme ?
Inconsciemment, avait-elle deviné la relation qui les unissait ?
Elle revoit le regard foudroyant de son père envers l'avocat du conducteur qui l'avait percutée. Tarah n'était qu'une gamine. Elle avait pardonné à l'accusé. Elle avait d'autres préoccupations : son ambition de nager un jour avec les dauphins. Rêve réalisé grâce à Jeanne, une bénévole qui apportait un soutien scolaire et moral aux jeunes malades et qui l'avait épaulée pendant sa convalescence.
Mais aujourd'hui, elle éprouve de la colère. Le mari d'Anna et l'avocat prétentieux qui a pu permettre à son bourreau de sortir de prison avant qu'elle

n'ait pu retrouver l'usage de ses jambes, ne seraient-ils qu'une seule et même personne ?

Il faut qu'elle sache. Elle ne peut rester dans le doute. Mademoiselle Gardian est devenue Madame Davernier.
Quel était le nom de cet avocat ?
Pour en avoir le cœur net, il va lui falloir, elle aussi se replonger dans le passé.
Retrouver les archives juridiques de ses parents.
Les avaient-ils seulement conservées ? A la vente de leur maison devenue trop grande pour deux, ils ont aménagé dans un appartement du centre-ville. Bien que totalement indépendante, Tarah n'avait pu quitter le bourg provençal de son enfance et vivait à cinq rues de chez eux.
Elle devra aller fouiller dans leur cave lors de sa prochaine visite. Elle pourrait peut-être demander de l'aide à son frère...
Non, ceci ne concerne qu'elle.

Le soir suivant, Tarah demande à sa collègue de la remplacer pour sa ronde.
– Tout va bien, Tarah ? Tu as l'air contrarié. Un souci avec un patient ? s'interroge sa remplaçante.

- Non, non. S'il te plait rends-moi juste ce service. « Et ne pose pas de questions. » a-t-elle envie de rajouter.
Elle évite, de ce fait, de croiser Anna Davernier. Elle doit d'abord savoir.
Son impatience et irritabilité étonnent. Tarah est d'un naturel apaisé et apaisant, envers son entourage familier ou professionnel.
Sans plus attendre, elle se rend directement au centre-ville et sonne à la porte de ses parents. L'aide-ménagère lui ouvre. Tarah la salue prestement et s'adresse à sa mère.
- Je prends la clé de la cave, maman et je reviens.
- Prends le temps de nous embrasser, quand même ma princesse, lui reproche son père.
- J'ai dit, je reviens ! répond-elle d'un ton sec.
Elle les a blessés et s'en veut déjà. Mais elle ne pense qu'à trouver ce qu'elle est venue chercher. Ne pas impliquer ses parents. Ses questions évoqueraient trop de souvenirs éprouvants.
Elle descend dans les communs de la résidence, allume la lampe du sous-sol. Au bout d'une heure après avoir déballé tous les cartons d'albums photos et

papiers divers, elle se résigne. Rien. Plus aucune trace du jugement.
C'était il y a presque un demi-siècle et la page avait été tournée.
Elle secoue ses vêtements poussiéreux et remonte au quatrième étage.
Elle retrouve ses parents seuls devant le poste de télévision. L'aide-ménagère a terminé sa journée.
- Tu as trouvé ce que tu voulais ?
- Oui, tout va bien, papa, ment-elle à son père.
Puis tendrement, elle suggère :
- Je me lave les mains et si vous voulez, je dîne avec vous.
- Avec plaisir, ma chérie.
Sa mère sourit. Jamais de rancune dans son si doux regard.
Ils s'installent tous les trois et dégustent un succulent gratin d'endives au jambon, le téléviseur face à eux.
C'est l'heure du journal. Générique.
Tarah manque de s'étouffer. Elle est là, la solution !

L'affaire avait suscité à l'époque, la curiosité de la presse locale. Certains journalistes avaient même souhaité l'interviewer. Elle s'en souvient. Ses parents avaient mis le holà à ces exubérances. Un seul y avait été autorisé.

L'accident s'était déroulé en plein après-midi et deux fillettes avaient été blessées, sa copine Justine et elle. De quoi émailler la monotonie du quotidien. La gazette " Le Provençal-matin " avait suivi l'affaire et les critiques sur la stratégie de défense de l'automobiliste avaient fusé.
Tarah revoit son père lire le journal et fustiger leur adversaire en reprenant les commentaires des chroniqueurs.
– Mais ils ont raison ! Comment ose-t-il prétendre qu'il a des circonstances atténuantes ! Cet avocat n'a vraiment aucun scrupule, ni aucune compassion. Même son client a présenté des excuses ! hurlait-il.

La mère de Tarah le calmait devant la présence de sa princesse.

A défaut de documents, elle doit pouvoir obtenir l'information sur internet.
Dès son retour chez elle, elle se hâte de brancher son ordinateur portable et tape sur le site du " Provençal matin " les mots-clés :
" Septembre 1985 - procès – accident "

Et apparaissent ces lignes à l'écran :

" Alors que la petite Tarah a vu son destin se briser en quelques secondes, l'avocat du chauffard Maître Antoine Davernier... "

CHAPITRE 57

Tarah arrive dans le vestiaire des infirmières pour prendre son service. Sur la porte de son placard, une photo de famille prise dans le jardin de leur maison, lors de son trentième anniversaire. Ses parents affichent une mine radieuse. Son frère cadet Dany l'entoure de son bras protecteur, du haut de ses vingt ans. Il faisait chaud en cette journée de début juin.
Elle ôte son pullover pour enfiler sa blouse blanche. Depuis une dizaine d'années, elle a coupé ses cheveux : plus pratique et plus dynamique avec l'âge. Finie la queue de cheval réglementaire.

Elle était fière de la blondeur de sa chevelure dans sa jeunesse. C'était son arme de séduction avec sa fossette sur une joue. Cette dernière lui donne toujours un air espiègle mais elle s'est creusée.
Sa collègue la rejoint.
- Bonjour Carole. Comment ça s'est passé hier ?
- C'était calme. Mme Davernier était surprise de me voir. J'ai noté une pointe de déception.
- Ah ? Merci encore d'avoir pu assurer la garde à ma place.
- Bah, ce n'est rien. Si on ne peut pas s'entre-aider...L'essentiel est que tu aies pu faire ce que tu devais. Tu paraissais chagrinée avant de partir.

Carole lui pose la main sur l'épaule sans autre commentaire. Tarah apprécie sa discrétion. Elle ne souhaite pas s'épancher sur sa découverte. Sa rancœur a semble-t-il diminué durant la nuit. L'excitation de la veille a fait place à l'ébranlement puis à une certaine résignation.
Le conducteur a purgé sa peine et Tarah a pu remarcher grâce aux prouesses du Professeur Richeaux. A quoi cela servirait-il de se révolter contre cet avocat

plus de quarante ans après le procès ? Cela n'aurait aucun sens.
Malgré ce raisonnement, l'infirmière ne peut s'empêcher d'appréhender sa visite auprès d'Anna Davernier. Va-t-elle lui parler encore de son formidable époux ? Tarah aimerait l'éviter si c'était possible.
La voilà devant la porte 352. Elle frappe et entre.
- Bonjour.
- Ah ! Je suis heureuse de vous voir. Vous m'avez manqué hier.
Tarah sourit faiblement.
- Je suis sûre que Carole a très bien fait son travail et qu'elle a su vous tenir compagnie.
- Oh oui, ce n'est pas ce que je voulais insinuer. Seulement, vous êtes devenue ma confidente.
« Je sais et je me demande si je ne le regrette pas un peu » pense Tarah.
- Votre cardiologue doit passer en fin de matinée. Si vos derniers résultats sont bons, vous pourrez sortir demain ou après-demain, enchaîne-t-elle pour changer de sujet de conversation.
- Bonne nouvelle ! Après plus de trois semaines, j'ai hâte de retrouver mon chez moi et mes habitudes.
La vieille dame dévisage Tarah longuement.

– Je ne sais rien de vous. Avez-vous toujours travaillé dans cet établissement ?
– Non, j'ai d'abord exercé dans un autre hôpital avant de venir ici. Mais je n'ai jamais quitté la région. J'apprécie trop la végétation et la *dolce vita* méditerranéennes.
– Vous avez des enfants ?
– Non, ni enfants, ni mari. Mais j'aime ma vie telle qu'elle est.
– Pourquoi avez-vous choisi ce métier ?
Tarah hésite, prise de court par cet interrogatoire. Doit-elle avouer à Anna les longues années passées dans les espaces froids des hôpitaux, la délivrance quand elle s'est levée de son fauteuil roulant pour la première fois, l'immense gratitude qu'elle et ses parents éprouvent pour le corps médical ? Comment lui faire comprendre que c'était son devoir de se rendre utile après avoir vu ces hommes et ces femmes se battre pour la guider vers la voie de la guérison ?
– C'était une évidence, mon évidence, finit-elle par répondre - Maintenant, je dois vous laisser, Anna. Je vous revoie avec le docteur.

La vieille femme reste perplexe. L'attitude de l'infirmière ce matin est différente.

« Il a dû se passer quelque chose hier. » Elle en est persuadée et a l'impression que Tarah esquive la conversation. Anna a conscience du programme surchargé du personnel soignant mais durant son séjour, jamais Tarah ne s'était montrée aussi détachée. Elle devrait être heureuse qu'Anna sorte prochainement. Serait-elle triste de la voir partir ?
Après tout, une complicité s'est créée entre elles. Du moins, Anna le croit-elle.

Après la consultation des analyses et examens, la décision est donc unanimement prise : Aucune contre-indication à la sortie de la patiente Davernier, ce matin.
Tarah se dirige vers la chambre 352 afin d'administrer les soins quotidiens avant qu'une consœur ne prenne le relais à domicile.
Avant de franchir le pas de la porte, elle marque un arrêt. En temps ordinaire, elle ne désire pas se lier fortement avec les malades. De l'empathie oui, mais une affection limitée. Ces réserves permettent de se forger une endurance devant les épreuves inévitables du monde médical.
Sa rencontre avec Anna aura été une exception. Son attachement résulte de considérations particulières : la

gentillesse d'Anna, la similitude professionnelle et enfin le fruit du hasard. Il est temps de clore cet égarement.

– Bonjour Anna. Prête pour le grand moment ? Je vois que vous vous êtes déjà levée et habillée. Parfait.
– Oui, j'ai attendu ce jour avec impatience. J'ai vraiment cru que je ne sortirai pas vivante de ce cauchemar.
– Alors finalement, vous avez envie de poursuivre l'aventure. C'est très positif tout ça.
– C'est un peu grâce à vous. De vous avoir narré toutes ces anecdotes m'a redonné le goût à la vie. Et mon époux serait tellement perdu sans moi...
– Qui vient vous chercher ? demande Tarah en lui injectant l'anticoagulant indispensable.
– Mariama avec mon mari…aïe ! Oh ! Vous avez un peu forcé sur la piqûre. Vous voulez me laisser une trace ?
– Pardon. Je...je suis confuse, balbutie l'infirmière.
La main de la soignante a tremblé en entendant qu'Antoine Davernier serait présent dans les locaux.
– Ils doivent arriver d'un instant à l'autre, je pense. Je serais ravie de vous les présenter.

« C'est certain. Ils ne me sont pas tout à fait inconnus. » songe Tarah.
- Vous connaissez déjà Adama junior qui est venu me voir plusieurs fois avec ses garçons. Ah ! J'entends la voix de ma fille ! s'enthousiasme la grand-mère.
Une splendide femme fait son apparition accompagnée d'un homme âgé aux yeux noisette et la barbe blanche, mais dont l'allure présage la prestance d'orateur.
- Mariama, Antoine, je vous présente Tarah qui s'est tant occupée de moi.
- Tarah, avec mon fils et mes petits-enfants, voici les êtres que j'ai de plus cher sur cette terre.

Le visage de l'ancien avocat se fige. Il ne peut quitter Tarah des yeux. Il fixe sa fossette, ses jambes et reste immobile. Il doit se tenir à la chaise se trouvant à sa gauche pour ne pas défaillir.
Sans baisser le regard, d'un pas elle s'avance vers lui et le salue :
- Maître Antoine Davernier.
Elle sait qu'il sait. Tarah est un prénom inhabituel. A cette minute, elle comprend qu'il n'a rien oublié de sa tragique enfance.
Et il sait qu'elle sait. Son accentuation sur le terme "*Maître*" le prouve.

Sur un ton hésitant, Anna reprend la parole.
- Je crois que l'on peut y aller, n'est-ce pas, Tarah ?
- Oui, bien sûr, toutes les formalités administratives ont été remplies. Au revoir Anna. Prenez soin de vous.
- Merci Tarah, vous aussi.

Tarah les observe s'éloigner.
L'octogénaire s'accroche aux bras de sa fille et son époux pour avancer mais qui soutient réellement l'autre ?
Antoine Davernier semble plus vouté qu'auparavant, lors de son entrée. Ses épaules se sont affaissées. L'ex-ténor du barreau est devenu un vieillard en l'espace de cinq minutes.

Soudain, Anna s'arrête et se retourne.

- J'aimerais bien vous revoir Tarah. Accepteriez-vous de venir à la maison, prendre un café…quand cela vous sera possible ?

L'infirmière hausse les sourcils, saisie au dépourvu par cette proposition.
Antoine Davernier apparaît tout aussi incrédule par l'invitation de sa femme. Tarah lit dans ses yeux le désespoir d'un

homme à l'aube du repos éternel et qui souhaiterait quitter ce monde en paix.

Elle hoche alors la tête en guise d'approbation et sourit au couple.

La tolérance – la différence
Que chacun ait sa chance,
Dans la transparence,
Jamais dans la souffrance.
Et chercher un sens
Parmi l'effervescence.

Les maux que l'on panse,
Apaiser les carences,
De ces êtres en errance.
Seule la connaissance,
Fer de lance,
Vers la convalescence
Guérit la méfiance.

La différence – la tolérance
Ne pas connaître l'absence.
Mais l'amour et l'innocence,
Armes secrètes de l'enfance,
Pour seules défenses,
Face à l'ignorance.

Les mots que l'on pense,
Oubli de l'indulgence.
Au prix d'une danse,
Dans cette foule immense,
Chaque jour, chaque présence,
Peur de la distance.

La différence – la tolérance
Toute ressemblance
Serait-elle une délivrance,
Ou de l'arrogance ?
Le respect – la patience
La liberté – l'essence. *

* " L'idéaliste "

CHRONOLOGIE

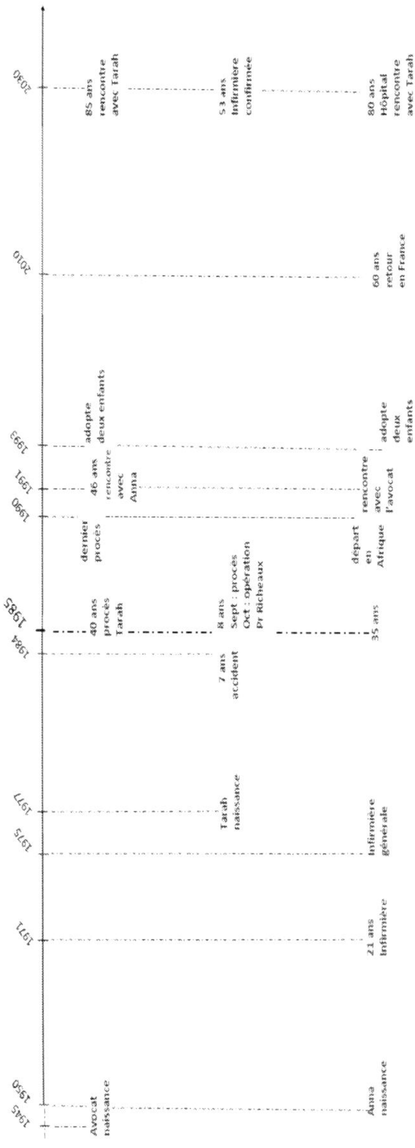

Table des matières

Couverture

Les aquarelles sont de l'auteur.

Printed by Amazon Italia Logistica S.r.l.
Torrazza Piemonte (TO), Italy

38871133R00223